2악장에 관한 명상

2악장에 관한 명상—어느 시인의 관객일기

초판 1쇄 인쇄 · 2019년 10월 15일
초판 1쇄 발행 · 2019년 10월 25일

지은이 · 조창환
펴낸이 · 한봉숙
펴낸곳 · 푸른사상사

주간 · 맹문재 | 편집 · 지순이 | 교정 · 김수란
등록 · 1999년 7월 8일 제2－2876호
주소 · 경기도 파주시 회동길 337－16 푸른사상사
대표전화 · 031) 955－9111(2) | 팩시밀리 · 031) 955－9114
이메일 · prun21c@hanmail.net
홈페이지 · http://www.prun21c.com

ⓒ 조창환, 2019

ISBN 979－11－308－1468－1 03810
값 16,000원

이 도서의 국립중앙도서관 출판예정도서목록(CIP)은 서지정보유통지원시스템 홈페
이지(http://seoji.nl.go.kr)와 국가자료종합목록 구축시스템(http://kolis-net.nl.go.kr)
에서 이용하실 수 있습니다. (CIP제어번호 : CIP2019040577)

푸른사상
산문선

26

어느 시인의 관객일기

2악장에 관한 명상

조창환 산문집

들어가면서

　이 책에 모은 글들은 근래에 내가 관람한 각종 음악회, 전시회, 연극, 영화, 무용발표회 등에 대한 소감을 적은 것이다. 이런 종류의 개인적인 관객일기를 굳이 책으로 엮어 다른 사람에게 읽힐 필요가 있을까 하는 생각도 있었지만, 시간이 지나면 흩어지고 잊혀질 기억의 편린들을 정리해두는 일도 필요할 것 같아서 책으로 묶어두기로 한다. 이 글들은 전문적인 예술비평도 아니고 문화비평적 평설도 아니다. 한 사람의 순수한 딜레탕트로서 내 나름의 예술 감상에 대한 느낌을 정리한 것이다. 지성과 감성, 비평적 감별력과 아마추어적 취미 생활이 어우러진 우리 시대의 예술현장 답사기라 할 수 있다.

　오래 재직하던 대학에서 은퇴한 후 시간적으로도 한가해졌고 정신적으로도 여유가 생겼다. 그간 강원도 고성군 동해안 해변에 작은 집필실을 마련하여 설악산과 동해안을 원 없이 다니면서 바다와 자연에 관한 시를 쓰기도 했고, 여러 군데 자유롭게 여행을 다니기도 했다. 그러나 나이 들면서 체력도 전만 못해지고 같은 일을 반복하는 것도 지루해져 동해안 집필실도 정리했고 여행 다니는 일도 삼가기로 했다. 대신 최근 몇 해 동안은 부지런히 각종 공연을 보러 다니는 일을 주로 하였다. 이 일은 단순히 남아도는 시간에 인생을 즐기는 교양인의 호사 취미는 아니었다. 한 사람의 시인으로서 인접 장르의 예술적 표현 방식에 관심이 있었고, 현대예술의 특성과 방향을 체험하고 전통미학의 계승과 재창조가 오늘의 우리 문화에서 이룩한 성과를 엿보는 일이 즐거웠기 때문이다. 무엇보다 각종 공연이나 전시회를 감상하는 일에서 내면적 행복감을 느끼고 만족감을 느꼈기 때문이다.

이 관객일기의 첫머리에 에세이 「2악장에 관한 명상」을 얹었다. 이 책의 방향을 제시해주고 예술적 체험의 고귀함에 대해 생각해보는 글이어서 나름대로 의미가 있을 것이라고 생각되었기 때문이다.

2019년 가을
조창환

차례

제3부 열정과 기쁨

제4부 쾌활한 서정

2악장에 관한 명상

2악장에 관한 명상

1

    1994년 미국 유타주 브리검영대학의 한국학 객원교수로 가 있을 때, 나는 미국 서부지역에서 캐나다 로키산맥까지 자동차 여행을 한 적이 있다. 그것은 오래 꿈꾸고 계획했던 내 버킷리스트 중 하나였다. 드넓은 신대륙의 장대한 자연과 문화를 직접 겪어보고 체험하고 싶었던 소망을 실현하기 위해 나는 보름간의 여행 일정을 짜면서 여러 가지 필요한 소품들을 준비했다. 고추장과 라면, 김 등 입맛을 잃지 않을 먹을거리와 새우깡, 육포 등 간식을 준비함은 물론이고, 방문할 지역의 자연과 역사의 배경과 문화에 대한 기본 지식을 담은 책자와 함께 적당한 숙소와 레스토랑 등에 관한 정보를 구했다. 부담스럽지 않은 몇 권의 시집과 필기도구와 노트북도 준비했고 차 안에서 들을 음악 테이프도 마련했다.

    그것은 꿈같은 여행이었다. 꿈같은 여행이라는 말은 꿈꾸듯 아름다운 추억으로 기억 속에 각인되어 있다는 말이다. 그 여행이 그토록 인상적이었던 것은 단순히 아름다운 경치 때문만은 아니었다. 미국 쪽의 글래시어 국립공원에서부터 캐나다의 밴프, 재스퍼, 요호 국립공원들을 거쳐 밴쿠버 섬까지 가는 동안, 그리고 루이스, 몰린……

이름을 다 기억할 수 없는 수많은 연녹색 호수들과 타카카우를 비롯한 장대한 폭포들 때문만은 아니었다. 자동차를 가로막고 어슬렁거리는 엘크와 갑자기 스쳐 지나가는 검은 새끼 곰 때문만도 아니었다. 공격성이 강한 크고 험해 보이는 그리즐리 베어를 만나 긴장하기도 했고, 캐나디언 로키에서 와이오밍주에 걸쳐 서식하는 큰 체격의 산양 빅혼을 만나기도 했지만, 그런 동물들을 만나 신기해하는 일이란 이 지역을 여행하는 많은 사람들이 겪는 흔한 광경이었다.

그 여행을 꿈같이 만든 것은 나의 내면으로 느낀 또 다른 아름다움의 체험 때문이었다. 나는 그 보름 동안의 여행을 위하여 여러 개의 음악 테이프를 준비했었다. 브람스의 현악 6중주 제1번 2악장, 베토벤의 현악 4중주 제2악장, 모차르트 피아노 협주곡 21번 〈엘비라 마디간〉의 제2악장, 베토벤의 첼로 소나타 제3번 2악장, 그리고 베토벤의 〈장엄미사곡〉 중 상투스…… 이런 곡들의 2악장들만을 모아 편집한 음악 테이프를 자동차 안에서 끊임없이 틀었다. 이 음악들은 나의 캐나다 로키 여행의 배경이 되고 절정이 되었다.

2

브람스의 현악4중주 제2악장의 도입부는 '브람스의 눈물'이라는 별칭이 붙을 정도로 애절하고 간곡하다. 깊이 가라앉아 심금을 울리는 현악기의 낮은 떨림에는 인간의 내면을 쓰다듬는 무거운 사색의 잔영이 스며 있다. 브람스는 클라라 슈만을 연모하여 이 곡을 그녀에게 헌정하였다. 이 곡의 2악장은 1958년에 만들어진 프랑스 영화

브람스   모차르트   베토벤

〈연인들(*Les Amants*)〉에 삽입되어 유명해진 부분이기도 하다. 이 6중주의 연주자 여섯 명 가운데는 바이올린에 아이작 스턴, 첼로에 파블로 카잘스 등 귀에 익은 이름들이 들어 있다.

모차르트의 피아노 협주곡 21번은 '엘비라 마디간'이라고도 불린다. 이 곡이 이런 별칭을 얻은 데는 이 곡의 2악장이 백작 가문의 청년장교가 서커스단의 줄 타는 소녀 엘비라 마디간을 사랑하여 탈영하고 자살하는 줄거리의 스웨덴 영화 〈엘비라 마디간〉에 삽입되어 유명해졌기 때문이다. 청순하고 맑고 밝은 피아노의 선율이 천상적 아름다움을 느끼게 하는 이 음악은 사람의 마음을 유연하게 녹아내리게 하는 신비한 마력을 지니고 있다.

베토벤의 첼로 소나타 제3번은 기품 있고 역동적인 첼로의 선율과 이에 조화를 이루는 피아노의 대화하는 듯한 리듬이 당당함과 서정성을 함께 아우르고 있다. 이 곡의 2악장은 느리고 가라앉은 전통적인 템포를 배제하고 빠른 스케르초로 대체해 긴장감을 고조시켰다. 오히려 이어지는 3악장이 느린 템포의 아다지오 칸타빌레로 되어 있어 피아노의 선율에 얹힌 첼로 특유의 서정적이고 풍부한 음색이 돋보인다. 다소 경쾌하면서 발랄한 느낌의 이 음악은 평온한 휴식 가운데의 귀족적인 기품이 돋보인다,

'장엄미사곡'이라고 번역하는 베토벤의 〈미사 솔렘니스(Missa solemnis)〉는 성대한 규모의 미사곡인데, 나는 이 미사곡 가운데 키리에나 베네딕투스 부분 말고 상투스 부분을 유독 사랑한다. 경제적 궁핍과 악화된 건강 상태, 그리고 불우했던 가족사 등으로 고통스러운 인생을 살아온 베토벤이 만년에 이르러 정신적 평화를 갈구한 종교 음악이 이 곡인데, 이 음악의 상투스 부분은 특히 하느님의 거룩함을 찬미하는 천상적 경건함으로 가득 차 있다. 이 음악을 들으면 나는 내 안의 영적인 평화가 인간적 감정을 넘어선 초월적 신비로 가득 차오름을 느낀다.

나는 음악을 전공하는 전문가가 아니어서 내가 편애하는 음악들에 대한 해석이 옳지 않을 수도 있다. 그러나 음악을 사랑하는 한 사람의 딜레탕트로서 내가 느끼고 감상하는 음악들은 내게 깊은 감성적 울림을 주었다. 나는 악곡의 2악장 부분을 유독 좋아한다. 느리고 사색적이면서 평화와 여운을 강조하는 부분이 2악장이기 때문이다. 화려하거나 격정적이지 않지만, 인간의 내면으로 깊이 가라앉아 혼의 부드러운 떨림을 가져다주는 길고 낮은 음의 세계가 있기 때문이다.

2악장은 1악장이나 3악장이나 4악장에 비하여 강인하거나 선명하지 않다. 악곡의 주제는 흔히 1악장 첫머리에 나오고 종결부에 가

까운 부분은 뚜렷한 인상을 남기기 위하여 격앙된 감정을 유도하는 예가 많다. 반면, 2악장은 느린 리듬에 실린 신비로운 애상감과 쓸쓸함을 드러내는 경우가 많고 휴식과 평온의 정서에 담긴 단아한 품격과 고상하고 깊은 인간적 사색의 궤적을 그려내는 경우가 많다. 2악장이라 해서 무조건 느리기만 한 것은 아니다. 베토벤 첼로 소나타 제3번의 2악장은 스케르초로 되어 있다. 피아노와 첼로의 대화에는 해학의 감정에 담긴 비애감이 스며 있다. 그것은 슬픔을 품은 기쁨의 감정에 유사하다.

그렇다. 슬픔을 품은 기쁨의 감정이야말로 진실하고 오묘하며 아름답고 신비롭다. 이 지상에서 생을 누리는 존재에게 부여된 이 복합적이고 이중적인 감성의 하모니야말로 형언하기 어려운 황홀의 경지라 할 수 있다. 그것은 홀로 있음의 자유로움, 고독 속에서의 행복, 갈등으로 가득 찬 속세에서의 평화로운 초월의 세계인 것이다.

악곡의 2악장을 유독 사랑하는 사람들만을 한번 모아볼까? 모여서 2악장 감상하고 맛있는 거 먹고 바닷가나 숲길로 여행을 떠나볼까? 정치나 돈이나 종교 이야기는 절대로 하지 말기로 하고 그저 한없이 고독해지고 싶은 사람들끼리만 모여 음악을 듣는다면 얼마나 행복할까? 이 작은 팬클럽을 만들면 인기가수 쫓아다니는 여중생처럼 미쳐볼 수 있을까? '2악장 팬클럽'을 만들어 세상의 모든 2악장들을 모아 홀로 사색에 잠겨 여행하는 모든 사람들에게 나누어주고 싶다.

3

2악장 같은 시를 만나기가 쉽지 않다. 2악장처럼 평화롭고 안온하며 잔잔하고 그윽한 시를 쓰는 시인들이 많지 않기 때문이다. 따뜻하면서 부드럽고 우아하면서 애틋한 사랑과 휴식의 감정을 담아내는 시들이 귀한 세상이 되었다. 인간의 내면에 깃든 반성적 상념과 무거운 사색의 잔영이 담겨 있는 시, 청순하고 밝은 감정과 초월적 사랑의 그림자를 더듬어 느끼게 하는 시, 귀족적 기품과 서정적 아름다움이 조화를 이루는 시, 천상적 경건함과 영적인 평화가 신비로운 위안을 베풀어주는 시를 쓰는 시인들을 찾아보기 어려워졌다.

언어를 아껴 쓰고 은은한 여백의 미와 그윽한 여운의 향기가 행간에서 우러나는 시는 읽는 이의 내면을 부드럽게 감싸준다. 단아한 품격과 고상한 인간적 사색의 흔적이 묻어 있는 시는 읽는 이의 영혼을 따뜻하게 위로해준다. 해학의 감정과 비애의 정서가 공존하는 시는 불가사의한 인간 존재의 근원에 대한 풀 길 없는 질문을 던진다. 오묘하고 아름답고 신비롭고 진실한 정신적 상태는 슬픔과 공존하는 기쁨의 감정이며 고통 속에서 찾아지는 행복의 감정이다. 세상사에서 한걸음 비켜서 있는 자의 관조적 자세, 홀로 있음의 평화로움, 내면적 사색의 결과 얻어지는 갈등의 극복이야말로 시라는 예술 형식을 통해 추구해야 할 영원한 이상이 아닐 것인가?

이러한 생각을 지금은 한물간 지난 시대의 사고방식이라 할 것인가? 현대문학은 불안정하고 부조리한 인간과 사회 속에서 우울과 절망에 가득 찬 인간의 모습을 그리는 것을 주조음으로 삼고 있다. 고독하고 분열된 개별적 자아, 파편화되고 불안하고 고통에 일그러진 인간의 모습을 그려내는 것이 현대문학의 특징이기도 하다. 그러나 불안 속에서 안정을 찾고 절망 속에서 희망을 찾고 고통 속에서 행복을 찾아나가는 일이야말로 문학이나 예술이 지향해야 할 영원한 과제로 남아 있다. 현대문학이 보여주는 비극적이고 비관적인 세계의 모습은 희망적이고 낙관적인 세계에 대한 갈증이 그만큼 강렬하기 때문이기도 하다.

사회적 억압이나 경제적 불평등, 혹은 민주화에 대한 열망이 지식인 사회의 화두가 되던 시절이 있었다. 그 시대에는 좌절과 절망, 고통과 아픔을 묘사하는 일이 문학인이 관심을 두는 공통의 문제의식일 수 있었다. 그러나 지금은 그러한 비관적 세계관이 지배하는 시대가 아니다. 지난 시대의 일그러진 자화상에서 벗어나지 못하고 사회와 개인의 억눌린 모습을 그려내는 일은 오늘날 설득력을 지니기 어렵다. 고급 아파트에 외제차를 타고 다니면서 절망이니 좌절이니 불안이니 고통이니 하고 외쳐대는 일은 위선이거나 자기모순이다.

시인이 진실하지 못하다면 감동적인 시가 만들어질 수 없다. 시인이 위선이나 타성에 젖어 있다면 창조적인 상상력이 발휘될 수 없다. 시인이 현세적 문제에서 눈을 떼지 못한다면 초월적 세계에 관한 시를 쓸 수가 없다. 시인이 고독을 사랑할 줄 모른다면 내면적 사색의 깊이가 스며 있는 시가 나올 리 없다. 시인이 자기 자신을 사랑할 줄 모른다면 타인을 사랑하는 시도 보여줄 수 없다. 시인이 휴식과 평화와 온유를 외면한다면 관조와 조화와 신비의 세계를 그려낼 수 없다.

많은 사람들이 1악장이나 4악장에 관심을 기울일 때, 거기 휩쓸리지 않고 한 걸음 비켜서서 2악장에 주목하는 자가 시인이다. 고요하지만 적막하지 않고, 사색적이지만 현학적이지 않고, 초월적이지만 허무하지 않고, 온유하지만 굴복하지 않는 자세가 시인의 자세다.

4

2악장 팬클럽 만드는 일은 일단 접어두기로 한다. 고독이니 사색이니 명상이니 하면서 사람들이 모인다는 것은 처음부터 잘못된 일이다. 그러니 혼자 사는 일에 익숙해져야 하고, 혼자 노는 일이 즐거워야 하고, 혼자 지내면서 보람을 얻어야 한다.

또 2악장이라 해서 모두가 아름답다거나 사색적이거나 평화로운 것도 아니지 않은가? 2악장이기 때문에 아름답거나 사색적이거나 평화로운 것이 아니다. 아름답고 사색적이고 평화로운 것이 2악장이다. 그런즉 홀로 있음의 자유로움, 고독 속에서의 행복, 갈등으로 가득 찬 속세에서의 평화로운 초월의 세계를 만나려면 아름다운 2악장을 잘 골라 홀로 감상하는 것이 옳다.

느림의 미학이라는 말이 유행이다. 그러나 느리고 여유 있게 사는 일이 반드시 아름다운 것은 아니다. 느리고 빠른 것은 템포의 문제고 아름답고 아름답지 않은 것은 감정의 문제다. 느린 것이 아름다울 수도 있지만 느린 것이 추할 수도 있다. 여유 있게 사는 일은 즐거울 수도 있지만 답답할 수도 있다. 느림의 미학이 중요한 것이 아니라 느림의 질, 느림의 품격, 느림의 차원이 중요하다.

어떻게 사는 일이 질 좋은 느림을 실천하는 일일까? 어떻게 사는 일이 여유 있게 사는 일의 즐거움을 이루고, 고독 속에서의 행복을 만나는 일일까? 이 질문에 대하여 토마스 머튼은 다음과 같은 말을 한 적이 있다. "예술가들의 고결함은 사람을 세상으로부터 구원하지는 못하지만 세상 위로 들어 높인다."(토마스 머튼, 『칠층산』, 바오로딸, 2009, 32쪽)

연극이나 영화, 음악회나 무용발표회, 미술전시회 등을 잘 찾아다니며 감상하는 일도 질 좋은 느림을 실천하는 길이 될 수 있다. 예술적 체험으로 우리가 세상에서 구원받지는 못한다 하더라도, 예술적 체험의 순간 우리가 세상 위로 들어 올려질 수는 있을 것이다.

제1부

몽상가의 꿈

잔잔하면서 진솔하고 평이하면서 아름다운 시
〈패터슨〉

몇 해 전 우리나라에서 만든 〈시〉라는 제목의 영화가 있었다. 문화센터에서 시를 배우는 평범한 아줌마 이야기였는데, 시적인 주제도 아니었고, 시적인 분위기도 아니었고, 시적인 캐릭터도 아니었다. 시와 연관되는 소재를 사용한 영화라는 점이 독특했지만, 이 영화는 흥행이나 예술성, 양면에서 모두 별 성공을 거두지는 못했다.

버스 운전사인 평범한 주인공이 시를 쓴다는 영화 〈패터슨〉도 나는 별다른 큰 기대 없이 관람하러 갔다. 영화 속의 내용은 잔잔한 일상생활 이야기고, 액션도 없고, 클라이맥스라 할 만한 부분의 긴장감도 없는데, 시작하고 얼마 안 되어 나는 영화의 내면으로 깊이 몰입되어갔다.

매일 변화 없는 생활을 이어가는 버스 운전사 패터슨은 공들여 쓴 시 노트를, 그가 키우던 강아지가 발기발기 찢어버려 좌절과 허탈감에 빠진다. 실의에 빠진 그에게 일본인 시인이 빈 노트를 선물하며

'가끔은 빈 노트가 가능성을 준다'는 말을 하는 장면이 영화의 끝 부분인데, 이 부분이 영화가 지닌 작은 울림이 된다.

지루하기도 하고 평범하기도 하고 따분하기도 한 영화인데, 나는 왜 공감하는 것일까. 몇 안 되는 관객 중에는 가볍게 코를 고는 사람도 있고, 입 가리고 하품하는 사람도 있는데, 나는 왜 이 영화에서 잔잔한 감동을 받는 것일까. 시 때문일 것이다. 주인공인 버스 운전사 패터슨은 매일 시를 쓰는데, 그 시들이 썩 괜찮다. 패터슨이 쓰는 시들은 유년 체험이나 아내 사랑 이야기 등 평범한 소재와 언어들인데 서투른 아마추어의 헛손질은 아니다. 잔잔하면서 진솔하고 평이하면서 아름답다.

반복되는 일상 속에서의 가벼운 변주를 캐치하지 못하는 관객은 지루하다거나 따분하다고 하겠지만, 이 영화는 그런 관객을 만족시키기 위한 것이 아니다. 플롯의 굴곡도 없고, 클라이맥스 후의 반전이 뚜렷하지도 않고, 철학적 메시지를 담은 것도 아니어서 이 영화를 보는 관객 중에는 불만스러운 사람도 있겠지만, 이 영화는 그런 상투적 기대감을 충족시키려 만든 것이 아니다. 서사적 줄거리 위주의 선형적 전개에 익숙한 관객을 무시하고 중첩된 장면 중심의 두터운 질감을 즐기려는 관객을 위한 영화다.

좋은 영화다. 관객이 많아 흥행에서도 성공한 상업적 영화면서 좋은 영화가 있긴 하지만, 관객이 적고 흥행에서는 별로인 비상업적 영화면서 좋은 영화가 분명히 있다. 이 영화 〈패터슨〉이 그 예다.

■ 2018. 2. 11.

위대한 중세여성 힐데가르트

〈위대한 계시〉

영화 〈위대한 계시〉는 12세기 독일의 베네딕트 수도회 수녀였던 힐데가르트 폰 빙엔(1098~1179)의 전기를 극화한 것이다. 힐데가르트는 이름이 전해지는 최초의 여성 음악가며 과학자였고, 교황이 승인한 신의 계시를 받은 최초의 수녀로 기록된다. 이 영화의 시대적 배경이 되는 11세기 말부터 12세기에 이르는 시기는 유럽의 신 중심 사회에 이의를 제기하는 사건들이 일어난 때였다. 첫 번째 밀레니엄이 끝나는 해의 마지막 날엔 세상의 종말이 온다고 믿는 종말론자들이 우글거렸고 인간의 육체를 죄악시한 나머지 채찍으로 자기 몸을 때려 피 흘리는 고행을 마다 않는 수도자들이 넘치던 시대였다. 고행과 자기학대가 통회와 회개의 표징이라고 생각하던 시기에 힐데가르트는 인간은 고행을 통해서가 아니라 내면의 체험을 통해서 하느님을 만난다고 말한다.

힐데가르트는 가톨릭 교회에서 공식적으로 인정한 성녀는 아니다. 그러나 힐데가르트는 토마스 아퀴나스와 함께 중세의 위대하고도 중요한 사상가였다. 그녀는 인간과 자연과 하느님의 조화를 통해서 구원에 이르는 길을 찾아야 한다고 생각했다. 그녀는 인간의 육체를 치료하기 전에 마음을 먼저 치료해야 한다고 말한다. "육신이 다치면 영혼도 다칩니다.", "기도와 금식만으로 병자를 치료할 수는 없습니다."라는 그녀의 말은 육체의 학대를 통하여 구원을 얻으려던 당시의 오도된 금욕주의 풍토에 정면으로 도전하는 태도를 보인다.

수녀원 원장이 된 힐데가르트는 수녀들과 함께 약초를 구하고 그 효능을 공부한다. 그리고 "육신이 영혼과 함께 하느님을 찬미한다는 것은 좋은 일이다."라고 말하며 약학 지식을 넓히기 위해 열심히 공부한다. 그녀는 자신의 수도원 장서가 고작 400권인데 당시 아랍 통치 아래 있던 스페인의 코르도바 도서관의 장서가 40만 권이라는 것을 부러워하며 새로운 책을 구해 읽기를 열망한다. 이 영화에서 가장 인상적인 주인공의 표정은 지도신부로부터 그 도서관의 책을 전해받았을 때의 놀람과 기쁨이 뒤섞인 충격의 표정이었다.

이 영화의 배경음악은 아름답고 거룩하고 사색적이다. 과감한 장식음을 사용하며 때로는 이중 장식음까지 활용하는 도약이 많은 모노디의 선율을 귀 기울여 듣노라면 음악이 인간의 혼을 정화시키는 가장 차원 높은 방식임을 느끼게 된다. "음악도 상처를 치료해주고 영혼을 위로한다."고 말하는 힐데가르트는 자신이 하느님의 악기로 쓰이기를 갈망한다. 이 영화에는 극중극 장면이 나온다. 일종의 오페라 혹은 뮤지컬의 원형과 유사한 형태인데 이 극중극에 나오는 노래하지 않는 유일한 존재는 마귀다. 놀랍지 않은가? '노래하지 않는 유일한 존재는 마귀'라는 설정이! 나는 이 생각을 넓혀 '음악을 즐거워하지 않는 유일한 존재는 마귀'라고 말하고 싶다.

이 영화는 어렸을 때부터 환시(幻視)를 통해 하느님의 뜻을 보는 특별한 능력을 지니고 있었던 힐데가르트가 그 능력이 마귀의 장난이 아니라는 것을 인정받고 자신이 보았던 환시의 내용을 기록하는 일생의 과정을 그린 영화다. 이 영화의 주제를 따라가며 감상하는 데 관심이 있는 사람은 힐데가르트가 남기는 '죄는 잘못을 저지르는 것이 아니라 소명을 행하지 않는 것'이라는 말을 가슴에 새길 필요가 있다. 그렇지 않은가? 해야 할 일을 하지 않는 것은 잘못을 저지르는 것보다 더 큰 죄라는 사실을 기억해두자.

■ 2018. 6. 6.

위대한 중세여성 힐데가르트

몽상가의 꿈, 염소와 바이올린과 수탉과 천사
〈샤갈, 러브 앤 라이프 전〉

마르크 샤갈(Marc Chagall) 전시회가 예술의전당 한가람미술관에서 〈샤갈, 러브 앤 라이프 전〉이라는 명칭으로 열리고 있다. 샤갈 전시회 풍년이 들어서 강화도 해든뮤지움에서는 판화를 중심으로 〈샤갈 - 신비로운 색채의 마술사〉전이 열리고 있고, 서울 M컨템포러리에서는 유럽 4개국 개인 수집가들의 소장품을 중심으로 〈마르크 샤갈 특별전 - 영혼의 정원〉이 열리고 있다고 한다.

6월 초부터 9월 하순까지 석 달 넘게 열리는 한가람미술관 전시회는 워낙 인기가 많아서 개막 보름 만에 3만 명도 넘는 관람객이 다녀갔다 하니, 나는 일부러 한 달 넘게 지체하여 7월 중순에야 전시장을 찾았다. 현대 미술사에서 중요한 위치를 점하는 이 화가의 인기가 우리나라에서 이처럼 대단한 줄은 몰랐다.

19세기 말 러시아 태생의 유대인 샤갈은 두 차례의 세계대전을 겪으며 주로 프랑스에서 활동했다. 고향을 떠나 떠도는 실향민 의식은 그의 예술적 성향을 결정 짓는 배경이 되었다. 원초적 향수와 동경, 꿈의 세계와 그리움의 감정, 낭만적 사랑에 대한 체질적 이끌림은 그의 그림이 지닌 영감의 원천이 되었다. 가난했던 유년 시절과, 고향 마을의 추억, 아내 벨라에 대한 애정과 극진한 가족애, 그리고 유대인답게 구약성서에서 취재한 그림들이 샤갈 그림의 특성을 이룬다. 샤갈은 몽상가였고 동심적인 순정함과 유아적인 환상과 꿈의 세계를 초현실적 터치로 표현하였다. 샤갈은 색채의 마술사로 불리었다. 그의 그림이 지닌 신비감과 아기자기함은 몽상과 꿈을 독창적인 강한 색채감으로 표현한 데서 기인한다.

전시회는 주제별로 일곱 개의 섹션으로 나뉘어 설치되었다. '초상화와 자화상', '연인들', '성서에서 취재한 그림들', '죽은 영혼들', '라퐁텐의 우화', '벨라의 책' 등인데 이런 구분은 그의 회화작품 전체를 아우르기에 적합해 보였다.

나는 샤갈의 유명한 그림 몇 점에 오래 눈길을 주었다. 〈나의 마을〉〈사랑하는 연인들과 수탉〉〈도시 위에서〉〈산책〉〈연인들과 꽃〉〈전쟁〉 등이다. 〈나의 마을〉은 큐비즘적 기법이 인상적이고, 〈도시 위에서〉는 날아다니는 인물이, 〈산책〉은 허공에 떠 있는 여인이 그려져 있다.

환상과 꿈을 그렸다고는 하지만, 샤갈의 그림은 초현실주의 기법에 완전히 합치하는 것은 아니다. 초현실주의란 원래 무의식이나 잠재의식의 세계를 드러내 보여주는 것인데, 그의 그림은 구체적 기억과 관련되어 있다. 샤갈 자신도 자기를 초현실주의의 선두주자라는 평을 탐탁하게 생각지 않았다고 한다.

몽상가의 꿈, 염소와 바이올린과 수탉과 천사

그가 그린 유년 회상과 추억을 주제로 한 그림에는 고통과 아픔이 숨겨져 있다. 하늘에 떠 있는 남자가 등장하는 그림엔 갈 곳 없이 방황하는 유대인의 모습이 있다. 동시에 그의 그림에는 기묘한 행복감을 주는 오묘한 서정성이 있다. 아픔을 품은 사랑, 고통을 감춘 기쁨, 이룰 수 없는 꿈, 현실감 없는 환상 등의 이중적인 감정이 느껴진다.

염소와 바이올린과 수탉과 천사가 등장하는 그의 그림은 실재와 허구 사이의 경계가 무시된 몽상가의 꿈이다. 적색과 청색을 과감히 사용한 그의 그림은 강하지만 자극적이지는 않다. 공포와 슬픔, 억압의 감정을 그린 그림 〈전쟁〉까지도 샤갈다운 서정성의 세례를 입고 있다. 〈다윗〉 〈아브라함의 희생 제물〉 등 구약성서에서 취재한 인물들도 샤갈다운 독특한 변형을 거쳤다. 마치 어린이의 꿈 같은 서툴고 천진한 솜씨로 윤곽을 흐려놓았다.

오늘날은 사진 촬영 수준이 대단해서 원화보다 화집에 실린 사진이 더 선명하게 느껴질 때가 있다. 그러나 화집에서 볼 때보다 덜 선명하지만 더 감동적 느낌을 받는 것은 역시 전시장에서다. 그러나 이번 전시회는 샤갈의 삽화, 드로잉 등 자잘한 작품들이 많이 포함되어 있어 전시 작품 150여 점이라는 숫자는 충분하지만, 샤갈 특유의 화사한 색감이 드러나는 유화는 부족한 느낌이었다. 샤갈의 강한 색채의 그림 이외에 드로잉, 판화, 모자이크, 스테인드 글래스 등을 볼 수 있는 것이 이 전시회의 장점이기는 하다.

일찍 찾아온 무더위에 잠시 전시회장 밖의 그늘을 찾아 쉬면서 나는 현대미술에 큰 발자국을 남긴 이 거장의 심리 상태에 대해 생각

해본다. 그리고 중요한 것은 심리 상태가 아니라 그것을 표현해내는
솜씨라는 데 생각이 미친다.

왜곡과 과장, 즉필(卽筆)과 즉흥(卽興)

〈장승업 취화선 특별전〉

　오원(吾園) 장승업(張承業)전이 열리는 동대문디자인플라자는 건축미학적으로 중요한 의의가 있는 건물이지만 도심 한복판의 기존 건물 숲에 가리어져 있어 제 모습을 제대로 드러내지 못한다. 곡선과 곡면, 사선과 사면으로 이뤄진 현대적이고 독창적인 건축물로 자연물과 인공물이 이음새 없이 이어지는 공간을 만들어냈다고 하는데, 이것도 잘 느껴지지 않는다. 자유분방하고 물결치듯 이어지는 곡선을 보려면 일정한 거리감이 있어야 하는데 이게 불가능하고, 세계 최대의 3차원 비정형 건축물이라는데 이것도 실감나지 않는다. 아무튼 직선도 없고 벽도 없는 건축물이니 이런 미학적 건축물을 서울에서도 많이 볼 수 있었으면 좋겠다.

　무더운 여름 어느 날, 가끔 만나는 시인 두어 명과 점심 식사 후 함께 오원 장승업전을 보러 갔다.

　조선조 말기의 이 천재 화가는 미천한 신분으로 태어나 불우한 생애를 살았지만 천재적 그림 솜씨와 연관된 많은 일화를 남겼고, 그의 제자들은 현대 한국화의 흐름을 잇는 큰 발자취를 남겼다. 단원 김홍도, 혜원 신윤복과 함께 조선 후기의 삼원으로 불릴 만큼 중요한 화가며, 소림(小琳) 조석진(趙錫晉), 심전(心田) 안중식(安中植)을 제자로 길러냈으니 당대 화단의 길잡이 역할도 한 셈이다. 심전 안중식의 제자인 노수현(盧壽鉉)과 이상범(李象範)은 스승의 호에서 한 글자씩 얻어 심산(心汕)과 청전(靑田)이라는 호를 받았으니 재능을 인정받았던 모양이다. 이후 심산 노수현은 서울대 미대, 청전 이상범은 홍익대 미대에 재직하면서 오늘의 한국 화단을 이끌 인재들을 길러냈다.

답답한 궁궐에서 말도 없이 나가버렸다든지, 술과 여자를 좋아하여 미인이 술을 따라야만 좋은 그림이 나왔다든지 하는 이야기 등은 천재의 호방함과 광기에 얽힌 이야기일 텐데, 이런 이야기가 임권택 감독의 영화 〈취화선〉의 소재가 되어 널리 알려졌다. 그의 그림이 과연 천재적 솜씨인지 확인해보는 일도 시간 아깝지 않을 것 같다. 화집에서 본 그림을 실물로 확인하는 일도 중요하다. 장승업의 방만하지만 호방한 기질은 강렬한 필법(筆法)과 묵법(墨法), 과장된 형태와 특이한 설채법(設彩法)을 특징으로 하는 그의 작품들에서 엿볼 수 있으니 제대로 감상해 볼 작정을 한다.

장승업은 인물화(人物畵), 화조영모화(花鳥翎毛畵), 기명절지도(器皿折枝圖) 등 여러 분야에 모두 능하였다고 하는데 오늘 전시에서는 몇 점의 인물화가 특히 관심을 끌었다. 그의 인물화는 중국 신선도풍의 분위기를 풍기면서 조선 그림다운 인상을 더했다. 〈춘남극노인(春南極老人, 봄 남극노인)〉 〈삼인문년(三人問年)〉 〈녹수선경(鹿修仙境)〉 등

장승업의 〈춘남극노인(春南極老人)〉과 〈삼인문년(三人問年)〉

의 그림은 도교적 신선사상에 기인한 그림들이다.

〈춘남극노인〉에서 수명을 관장하는 두루마리를 움켜쥔 신선의 불쑥 솟은 대머리가 중국 화집의 모사를 느끼게 하는 한편, 인물의 얼굴, 표정, 소나무 껍질 묘사 등은 조선 그림다운 맛을 낸다. 평론가들은 그의 그림이 해학적이라는데, 나는 다소 관념적이고 규범적이라는 인상을 받았다.

〈삼인문년〉은 그림의 소재가 신선 세계의 비현실적 과장과 허풍을 표현한 것이어서 재미있지만, 그림 자체는 전형적인 관념화다. 이 그림에서 세 노인이 수명을 과장하여 말하기를, 한 사람은 중국 신화의 천지창조 신 반고(班固)와 함께 어린 시절을 보냈다 하고, 다른 노인은 상전벽해(桑田碧海) 될 때마다 나뭇가지를 놓아두어 큰 집을 가득 채웠다 하고, 또 다른 노인은 반도(蟠桃)를 먹고 그 씨를 쌓아 곤륜산을 이루었다고 말한다. 소동파(蘇東坡)의 『동파지림』에 나오는 이야기인데, 이 이야기를 그린 그림은 짙고 옅은 먹의 농담(農談)을 활용한 관념산수화 기분을 내었다. 사슴이 선경(仙境)을 수업한다는 뜻의 〈녹수선경〉도 인물 표현이 해학적이기는 해도 전체적으로 관념화풍이다.

나는 그의 기러기 그림이 마음에 들었다. 짙은 먹으로 머리와 몸통을 그리고, 가슴과 날개는 물을 많이 섞은 흐린 먹으로 표현하였는데, 세밀하면서 생동감 있는 묘사가 기막히다. 대상의 음영(陰影)을 살리면서 생동감 있게 형상화하는 화풍은 진취적이었다. 그의 그림들이 지닌 장식적 표현은 왜곡과 과장을 거리낌 없이 구사하는 호방한 성격에서 우러난 필치일 것이다. 즉필(卽筆)과 즉흥(卽興)을 특징으로 하는 그의 그림 솜씨는 타고난 천재성을 드러낸다.

전시장을 나오면서 나는 문인화의 문기(文氣) 어린 고아한 격조를 숭상하는 시대에 장승업이 이룩한 활달하고 분방한 개성적 영역에 대해 음미한다. 예술에서 중요한 것은 독자적 영역을 구축하는 일이다. 자기 세계를 갖지 못한 예술가는 기억되지 못한다.

■ 2018. 7. 15.

예술가의 광기와 좌절, 망상과 우울감
〈헤밍웨이 인 하바나〉

충무로 대한극장은 우리 세대에겐 추억이 서린 곳이다. 1960년대 총천연색 시네마스코프 대형 화면으로 〈벤허〉나 〈남태평양〉〈십계〉 등의 영화를 보며 흥분했던 기억이 생생하다. 당시에는 충무로의 대한극장, 을지로의 명보극장과 국도극장, 종로의 단성사와 피카디리, 그리고 서대문의 동양극장이 유명했었다. 시대가 바뀌어 지금은 그 대부분이 사라지고 없다. 대한극장이 여전히 명맥을 잇는 것이 고맙긴 하지만, 극장 분위기는 많이 바뀌었다. CGV나 메가박스 같은 대형 체인점 극장에 밀려 어딘가 쇠락하고 가라앉은 분위기를 보인다. 여긴 젊은이들보다는 노년층 관객이 많은 편이다.

폭염이 극성을 부리는 8월 중순, 가까운 시인 몇 사람과 대한극장에서 상영하는 영화 〈헤밍웨이 인 하바나(*Papa Hemingway in Cuba*)〉를 보러 갔다. 손님이 적어 하루에 한 번밖에 상영하지 않는 이 영화에는 관객이 겨우 열댓 명에 불과했다. 그러나 영화가 시작되자 나는 이

기막히게 훌륭한 영화에 정신없이 몰입하였다.

　헤밍웨이 인생의 후반부, 쿠바의 아바나에서 살 때 미국『마이애미 글로브』지의 기자 마이어스는 헤밍웨이를 존경한다는 편지를 쓰고 그게 헤밍웨이에게 전달되어 마이어스는 헤밍웨이의 쿠바 집으로 초대된다. 호화로운 저택에 살면서도 예술가로서의 한계를 느끼며 광기를 드러내는 늙은 소설가, 친구들과 어울려 파티도 열고 바다낚시도 즐기지만 다른 사람 앞에서 아내를 모욕하는 행위를 하는 헤밍웨이는 감정 조절이 쉽지 않은 상태다. 그는 또 쿠바 혁명 모의에 관여하는 친구들의 무기를 맡아주기도 하였는데, 미국 FBI의 에드거 후버 국장과의 악연으로 헤밍웨이는 미 정보기관에 감시받는 신세가 된다.

　영화의 몇몇 인상적인 장면이 내 뇌리에 새겨져 잊히지 않는다.

　헤밍웨이와 아내 메리는 자기 저택 수영장에서 나체로 수영한다. 나는 오래전 오스트리아 잘츠부르크 인근 바트이슐(Bad Ischl)이라는 소도시의 누드 사우나 겸 수영장에서 나체로 사우나와 수영한 적이 있다. 독일이나 오스트리아, 북유럽 등지에선 남녀가 혼욕하는 전통이 있어 사우나나 자쿠지에서 남녀가 서로 나체를 보이는 것을 이상하게 생각지 않는다. 그렇더라도 수영복도 걸치지 않은 맨몸으로 물에 섞여 헤엄치는 일은 묘한 느낌을 준다. 그것은 진정한 자유, 완전한 해방감을 체험하는 일이다.

　헤밍웨이가 권총 자살을 시도하는 장면도 인상적이다. 영화에서는 권총을 쏘려는 순간 친구들이 만류하여 간신히 자살의 고비를 넘겼지만, 실제로 몇 년 후 미국 아이다호주로 이주한 그는 결국 엽총 자살로 생을 마감하고 만다. 자살 충동이라는 것은 단순한 즉흥적 충동이 아니다. 자살 실행에 대한 망설임과 결행의 갈림길은 당사자에겐 광기에 가까운 정신적 자극과 파멸감을 주기 마련이다. 헤밍웨이가 겪었던 극도의 과대망상과 우울증은 이 영화의 자살 시도 장면을 실감나게 한다.

쿠바 독재 정권에 항거하는 사람들을 무력으로 진압하고 쓰러진 사람들을 찾아가 확인 사살하는 장면도 끔찍한 자극적 영상이다. 이 냉혹하고 잔인하고 비인간적인 장면은, 영화에선 아주 짧은 시간의 한 씬일 뿐이지만, 강렬한 인상으로 남아 있다.

헤밍웨이는 아내 메리의 성적 비하 발언에 분노를 폭발시킨다. 성적 능력은 남성성의 상징이기도 하고, 남성의 남성다운 존재 이유이기도 하다. 남성적 자존심과 열등감은 성적 능력의 유무에 직결되어 있기도 하다.

헤밍웨이의 대표 소설들은 유명한 배우들이 주역을 맡아 상업적으로도 대성공을 거두었다. 록 허드슨, 제니퍼 존스 주연의 〈무기여 잘 있거라〉, 그레고리 펙, 수전 헤이워드 주연의 〈킬리만자로의 눈〉, 게리 쿠퍼, 잉그리드 버그먼 주연의 〈누구를 위하여 종은 울리나〉, 스펜서 트레이시 주연의 〈노인과 바다〉 등은 대중성과 주제의식 양면에서 모두 높은 수준을 보여준 영화들이다.

이에 반해 소설가 헤밍웨이를 대상으로 한 이 영화는 대중적 인기를 얻지는 못했다. 그럼에도 불구하고 나는 이 영화를 지금까지 내가 본 가장 좋은 영화 중 하나로 손꼽는 것에 인색하지 않겠다. 이 영화에는 예술가의 욕망과 좌절, 망상과 우울감이 있을 뿐 아니라 남성적 자존감과 열등감 사이의 갈등이 표현되어 있다. 사회적 억압에 항거하는 인간적 정의감이 있고, 갈등과 화해, 분노와 사랑에 관한 인간적 반응들이 드러나 있다. 대중성이 없다는 것은, 오히려, 이 영화의 자랑거리가 될 수 있다.

■ 2018. 8. 14.

진실과 위선, 유혹과 탈선의 이야기
〈코지 판 투테〉

2018년 가을 시즌의 국립오페라단의 레퍼토리는 〈코지 판 투테〉였다. 모차르트의 오페라 〈피가로의 결혼〉이나 〈돈조반니〉는 여러 차례 관람하여 식상할 지경인 데 반하여 이 유명한 코믹 오페라는 감상할 기회가 없었다. 공연을 자주 하지 않는 편이기도 했고 내 일정과 맞지 않기 때문이기도 했다.

18세기 빈의 상류사회를 풍미한 가볍고 화려하고 경쾌한 이 희극은 모차르트의 작곡이라는 것 외에는 특별히 감동적인 구석이 느껴지지 않는 부박한 소일거리라 할 수 있다. 애인의 사랑이 변치 않는지 어떤지를 시험해보는 스토리를 중심으로 전개되는 비현실적이고 세속적인 플롯으로 설정되어 있는 내용은 극적 호소력을 지니기 어렵다. 허구적 설정과 상상의 세계, 진실과 위선, 유혹과 탈선 등의 이야기는 세속적 흥미 위주로 되어 있다.

공연은 평범했다. 두 여주인공의 이중창이 유명한데 가수들이 노래를 잘 불렀다는 것 이상, 심금을 울리는 감동을 주는 차원은 아니었다. 매끄러운 선율과 화성에 실린 부드럽고 우아한 노래를 듣는 기쁨만 누리면 족하다고 생각하면 될 일이었다. 우스꽝스럽고 유머러스한 대사와 상스러운 매너와 당대 사회를 반영하는 화려하고 귀족적인 의상을 감상하는 것이 즐거움을 주었다. 끝부분에 나오는 "여자는 다 그래."라는 대사가 유명하다지만, 나는 극중의 몇몇 대사가 지닌 과장된 수사법을 인상적으로 기억한다. 불가능하고 헛된 일을 비유하면서 "파도에 고랑을 내고, 모래사장에 씨 뿌리고, 떠도는 구름을 그물로 잡으려 한다."는 대사가 나오는데 이런 고전적 말투는 매력적이었다.

나는 첫날 공연의 위험성을 잘 알고 있다. 연습이 충분치 못하여 등장인물 간의 호흡이 잘 안 맞는 경우가 있기도 하고 무대 진행이 매끄럽지 못한 경우도 있다. 오늘 이 오페라의 첫날 공연에서는 큰 실수가 있었다. 막간의 휴식 시간 20분이 지나도 객석에 불이 꺼지지 않고 시간을 지체하더니 기계 고장으로 무대장치 전환이 안 되니 기다려달라는 방송이 나왔다. 그러기를 두어 차례, 한참 후에 다시 공연이 재개되었지만 이미 극을 진행하는 열기는 상당히 식어버린 후였다. 끝날 때는 오늘 관람료를 환불해주겠다는 방송이 나왔다. 이날 실수한 담당 스태프는 얼마나 진땀을 흘렸을까? 아마도 리허설 때는 제대로 작동했을 기계장치가 하필 공연 중 고장이라니……. 그래도 참을성 있게 조용히 기다리는 예술의전당 관객들의 수준만은 높이 살 만했다.

■ 2018. 9. 6.

진실과 위선, 유혹과 탈선의 이야기

모범적이지만, 너무 연약한

프로코피예프, 라벨, 거슈인

서울시향의 오늘 프로그램은 프로코피예프 교향곡 제4번, 라벨의 피아노 협주곡 G장조, 그리고 거슈인의 〈파리의 아메리카인〉이었다. 나는 프로코피예프나 쇼스타코비치의 음악 연주에 대해 전문적으로 평할 능력이 없다. 라벨은 내가 좋아하는 작곡가지만 주로 실내악곡을 많이 들었고, 거슈인의 〈파리의 아메리카인〉도 워낙 유명하니 많이 듣긴 하였다.

프로코피예프의 음악은 경쾌한 리듬감과 다이내믹한 활력이 두드러지는데, 오늘 연주에서는 경쾌함과 활력보다는 너무 섬세하고 유연한 색깔로 기울어지지 않았나 하는 느낌이 있었다. 라벨의 피아노협주곡 G장조는 피아니스트도 오케스트라도 모두 모범적인 연주라는 생각……. 그런데 왜 흥겹다거나 특별한 감흥이 일어났다거나 하지는 않았을까. 감정의 등락이 심하지 않아 음악을 요리한다기보다 음악을 받들어 모시는 것 같은 느낌을 주었기 때문일 것이다. 거슈인의 〈파리의 아메리카인〉 연주는 첫머리의 금관악기의 강렬한 음색이 뚜렷한 자극을 주어야 하는데 어딘가 연약한 느낌이 있었다. 미국적인 자유로움을 상징하는 재즈풍의 리듬감이 강조되어야 할 것 같은데 이게 약하지 않았나 하는 인상을 받았다.

오케스트라의 수준은 제1급이라 할 수 있겠는데, 오늘 연주에서는 어딘가 강조점이 약하다는 느낌을 받았다. 음악 전문가 귀에는 마땅치 않게 들릴지 모르겠으나, 이게 나의 소박하고 솔직한 소감이다.

눈에 거슬린 것 한 가지 ─ 연주회 내내 내 앞 자리에 앉은 사람이 프로그램 북을 들척이고 있었다. 어두워서 보이지도 않을 텐데 저렇게 몸을 비트는 걸 보면 어딘가 모자란 사람 같기도 하고, 어딘가 불안한 사람 같기도 했다. 저런 행동은 아마도 강박증의 일종일 터이다. 강박증 환자는 병원에 가야지 왜 여기 와서 남의 신경 거슬리게 하는가.

■ 2018. 9. 7.

무난하고 원만하고 편안한 춤 구경

발레 스페셜 갈라

나는 갈라 쇼라는 이벤트를 별로 즐기지 않는다. 언젠가 이름난 소프라노 가수의 갈라 쇼를 관람한 적이 있었는데 노래를 썩 잘 부른 다는 것 외에 진정한 음악적 감동을 얻지는 못하였다. 오페라 노래는 오페라 극중에서 노래할 때 진정한 생명을 얻는다는 평범한 진리를 실감한 시간이었다. 피겨 스타 김연아 갈라 쇼를 보고 환호하는 군중을 나는 이해하기 어렵다. 김연아의 피겨스케이팅은 세계 빙상 대회나 올림픽 무대에서 경쟁할 때 진정한 가치가 살아난다.

그러나 오늘은 모처럼 〈발레 스페셜 갈라〉라는 명칭이 붙은 예술의 전당 토월극장의 공연을 보러 가기로 한다. 발레STP협동조합이라는 이름으로 사설 발레단들이 공동으로 마련한 무대여서 괜찮은 볼거리가 있을 것 같았기 때문이었다. 발레STP협동조합이란 20, 30년의 연륜을 지닌 유니버설발레단이나 서울발레시어터에서부터 2000년대에 창립된 이원국발레단과 서발레단, 그리고 클래식 발레와 아트 컬래버레이션(art collaboration)을 겸하는 와이즈발레단이 참여하는 무용계의 모임이다. 민간 예술단체 중심의 발레 대중화와 발레 시장 확대를 목적으로 한다는 것인데, 아마도 국공립단체에 집중되는 국가 보조 사업의 균형적 배분을 위한 노력과도 무관하지 않을 것이다.

공연은 무난하고 원만했다. 특별히 유니버설발레단의 〈해적 파드되〉와 이원국발레단의 〈차이콥스키 파드되〉의 이인무가 좋았다. 제임스 전 안무의 〈1×1=?〉라는 제목의 서울발레시어터의 춤도 좋게 보았다.

오늘 행사는 특별히 보건복지부 질병관리본부의 후원이라고 되어 있다. 이 공연을 시작으로 생명나눔주간 선포식과 생명나눔 뮤직 페스티벌, 국회 정책토론회 등이 이어진다는데, 이런 내용을 모르고 간 나는 그저 오늘 공연에 별 불만을 느끼지 않은 것을 다행으로 여길 따름이었다. 다만 프로그램 표지에 "발레와 함께하는 아름다운 나눔, 생명나눔"이라는 문구가 눈에 거슬렸다. '아름다운 나눔'이나 '생명나눔' 둘 중 하나를 써야 할 것 같기도 하고, '아름다운 생명나눔'이라고 합쳐서 써야 할 것 같기도 했다. 언어나 문자 표현에 대해 유난히 까다롭게 구는 건 평생 동안 국어국문학과 교수를 한 내 이력 때문일 게다.

■ 2018. 9. 8.

의미 없는 동작과 흔들림과 리듬
〈스텝 업〉

국립현대무용단의 〈스텝 업(Step Up)〉은 무용가들을 대상으로 한 안무 공모 및 레퍼토리 개발 프로젝트에 선정된 안무가들의 춤 공연이었다. 안무가 배효섭, 이은경, 정철민 등은, 내게는 생소한 이름들이지만, 수준 높은 실력을 지닌 무용가들이라고 느껴졌다.

배효섭의 〈백지에 가 닿기까지〉는 이야기가 숨겨진 의미 없는 동작에 초점을 맞춘 춤이었다. 노동으로서의 춤과 신명으로서의 춤에 대한 사색을 반추하게 하는 춤이었다. 이 춤의 비움과 채움, 경험과 감각에 대한 형상화는 신선하고 새로웠다. 이은경의 〈말, 같지 않은 말〉은 흔들림과 균열, 구부림과 펼침의 여러 동작들이 인상적이었다. 과감하고 실험적인 느낌을 주었다.

정철민의 〈Og〉는 아크로바틱한 동작들이 있는 어려운 춤이었다. 속도와 리듬, 균형과 불균형, 뛰어오름과 낙하운동이 뒤섞여 있는 예측 불가능한 몸의 움직임에는 젊은이다운 패기가 느껴졌다. 특히 누워서 수직으로 다리를 곧게 뻗은 무용수 위에 수평으로 펼쳐진 다른 무용수의 신체가 얹혀지는 동작은 위험하고 아슬아슬하게 보였다. 국제무대에서 중요한 수상 경력을 지닌 젊은 무용수들의 안무를 볼 수 있는 기회여서 의미 있는 공연이었다.

■ 2018. 9. 9.

의미 없는 동작과 흔들림과 리듬

play

격정과 속도감, 창의적 연출
〈줄리어스 시저〉

　국립극장 달오름극장에서는 영국 국립극장 브리지 시어터에서 제작한 공연 영상 두 작품을 상영하였다. 하나는 마크 해던(Mark Haddon) 원작, 마리안 엘리엇(Marianne Eliot) 연출의 〈한밤중에 개에게 일어난 의문의 사건(*The Curious Incident of the Dog in the Night-Time*)〉이고, 다른 하나는 셰익스피어(William Shakespeare) 원작, 니컬러스 하이트너(Nicholas Hytner) 연출의 〈줄리어스 시저(*Julius Caesar*)〉였는데, 나는 이 중 〈줄리어스 시저〉를 보러 가기로 한다.

　나는 이런 종류의 공연 영상을 평소 즐기는 편은 아니다. 우리 고등학교 동기회 사무실에서는 클래식 음악 공연실황 CD를 많이 수집해 가지고 있는 친구가 있어 매달 정기적으로 음악 공연 영상 감상회를 갖기도 하고, 영화 CD를 많이 수집해 가지고 있는 친구도 있어 영화 감상회를 갖기도 한다. 영화도 큰 화면의 영화관에서 보는 것이 제대로 된 감상이지만, 특히 음악을 영상으로 보여주는 감상회란 현장 음악회의 감흥에 비할 바가 못 된다. 그렇다 하더라도 안 보는 것보다야 보는 편이 낫다는 생각으로 가끔 영상 감상 모임에 나가곤 한다. 10여 년 전 프랑스 아비뇽을 자동차로 여행 할 때 연극 축제가 있었는데 일정 관계로 극장에 들러 연극 감상의 기회를 놓친 것이 못내 아쉬웠는데, 마침 영국 현대극의 영상 감상회라니 시간을 내어 가기로 한다.

이 연극의 주인공은 시저가 아니라 그의 암살 사건에 가담한 브루투스다. 브루투스가 시저 암살에 주동적으로 가담하는 과정과 고뇌, 그리고 그의 파멸에 초점을 맞춘 이야기 전개는 셰익스피어 원작의 현대적 해석이라 할 만하다. 연극은 시작부터 현대극다웠다. 관객들이 극중 인물의 역할에 자동적으로 참여하게 마련되어 있다. 시저가 복귀할 때 길거리에서 환호하는 군중, 시저의 죽음을 목격하는 원로원, 그리고 시저의 장례식에 모인 군중이 곧 관객이 되는 설정이다. 로큰롤 뮤직과 시끌벅적한 소란스러움, 뮤지컬 드라마 비슷한 음악과 격정, 빠른 속도감 등이 자칫 지루할 수 있는 이 고전극에 생기를 불어넣는 창의적 연출이었다. 우리나라 연극계에 종사하는 사람들에게 좋은 참고가 될 만한 연출 기법이라는 생각이 들었다.

그러나 영상은 영상일 뿐, 연극이 아니다. 연극을 영상으로 감상하는 일에는 무대 위의 배우를 직접 만나는 열기가 제거되어 있다. 연극 공연에는 연기자의 발성과 숨소리, 땀과 눈짓, 인물 간의 대결과 갈등, 화해와 해결 등의 생생한 생명력이 있는 법인데 영상에는 그런 것이 없다. 영상예술은 역시 영화라야 한다는 생각, 예술의 장르적 속성에는 나름대로의 특성과 타당성이 있다는 생각을 떨쳐버릴 수 없다. 무엇보다도 연극이 끝났는데 무대 위의 배우들을 향하여 박수 칠 기회가 없다는 것은 영상 감상회가 갖는 결정적 결함이라 할 수 있다.

■ 2018. 9. 12.

긴장감과 열정의 복수극

〈조씨고아〉

명동예술극장은 내가 특별히 좋아하는 극장이다.

일제 때는 영화관 명치좌(明治座)였다가, 6·25전쟁 후에는 서울시 시공관(市公館)이었다가, 이후 국립극장, 예술극장이었다가 1970년대 중반 금융기관에 팔렸다가, 2000년대 초반 명동 상인들과 문화계 종사자들의 노력으로 다시 문화부 소속의 예술 공연장으로 복원된 이 극장은 명동 한복판에 위치한 지리적 이점과 함께 고전적 건축미가 정감을 주는 건물이다. 서울 도심 한복판에 이런 유서 깊은 공연장 하나쯤 남아 있다는 것은 다행스러운 일이 아닐 수 없다.

1960년대 초반 대학 시절, 나는 여기서 상연되는 실험극장이나 청포도극회의 연극 공연을 자주 보러 다녔다. 지금은 원로 배우가 된 그 시절의 연기자들 가운데는 이미 타계한 사람들도 적지 않다. 개인적으로는 옛 추억을 회상시키는 공간이기도 하다. 연극 전용관으로 잘 정돈된 내부 공간이 마음에 든다. 여기 들어오면 반세기 전 연극 〈오셀로〉에서 이아고 역을 맡았던 배우 양광남의 연기가 회상되기도 하고, 이순재나 오현경의 젊은 시절 연기가 회상되기도 한다. 지금은 국립극장 산하 분관으로 귀결되었다는 점이 마음에 걸린다. 이곳은 독립된 운영을 하는 연극 전용관이라야 할 것 같다. 흥행을 목적으로 하는 K-pop 공연장으로 전락하지 않은 점은 천만다행이라 할 수 있겠다.

국립극단 제작의 연극 〈조씨고아, 복수의 씨앗〉은 2015년 초연 이래 세 번째 공연이다. 여러 차례의 지방 공연과 중국 공연도 했을 정도로 인기가 있었고, 평론가들의 호평을 받아 중요한 수상 경력도 지니고 있다. 나는 이제야 이 연극을 보게 되었으니 꽤 게으른 편이다. 기군상(紀君祥) 원작의 〈조씨고아(趙氏孤兒)〉는 중국 원나라 시대의 유명한 복수극 〈조씨고아보원기(趙氏孤兒報怨記)〉에서 유래한 이야기인데, 연출자 고선웅은 원작에 충실하면서 주인공의 성격을 강화하고 이야기의 재미를 한껏 부풀려 드라마틱한 효과를 부각시켰다.

극은 냉혹한 장군 도안고에게 조씨 집안이 멸족하고 어린 조씨고아만이 시골 의사 정영의 도움으로 살아남아 복수한다는 내용이다. 충신과 간신의 정치적 갈등 구조, 의리와 충성, 희생과 정의, 복수와 그 이후의 허무감 등으로 짜여진 스토리 전개는 고전극의 상투적 얼개라 할 수 있지만, 연극이 진행되는 동안의 긴장감과 감성적 동화감은 이 공연의 장점이다.

열정적인 연기에 의한 대립과 조화의 성격 구현은 음악의 효과에 힘입어 생명을 얻었다. 도안고 역의 장두이와 공손저구 역의 정진각의 연기는 강하고 열정적이고 호소력이 있었다. 2015년 초연 때 공손저구 역을 맡았던 임홍식이 무대 뒤에서 사망하였다 하니 연기자 노릇 하기가 얼마나 힘든 일인가 새삼 깨닫는다. 오랜만에 좋은 연극 한 편 감상한 날이었다.

■ 2018. 9. 13.

기교적이면서 진지하고 경건하면서 평화로운

모차르트 〈C단조 미사(대미사)〉

모차르트의 미사곡을 듣는 일은 드문 기회여서 다른 일정을 조절해가면서 콘서트홀을 찾았다. 나는 바흐의 〈B단조 미사곡〉이나 베토벤의 〈장엄미사곡〉은 여러 번 듣고 음반도 몇 장 지니고 있지만 모차르트의 미사곡은 잘 접근이 안 되었다. 유명한 모차르트의 〈레퀴엠〉 감상에만 너무 치우쳐 있었기 때문일까?

국립합창단의 합창도 수준 높았고, 바로크 음악 연주를 전문으로 하는 카메라타 안티콰의 기악 연주도 좋았지만, 특히 독창자 네 사람의 노래가 훌륭했다. 맑은 음색의 소프라노 강혜정, 호소력 있는 노래를 부른 이세희, 고상하고 유려한 음색을 지닌 테너 김세일, 편안하고 자연스러운 노래를 부른 베이스 나유창 모두 제1급의 성악가였다.

나는 첫머리의 제1곡 키리에와 제4곡 상투스, 제5곡 베네딕투스 부분을 좋게 들었다. 통회의 감정을 표현하는 키리에의 가라앉은 분위기와 천주의 거룩하심을 외치는 상투스 부분은 훌륭한 대비를 이루었다. 모차르트의 천재성은 마지막 부분의 베네딕투스에서 절정을 이룬다. 기교적이면서 진지하다. 나는 가톨릭 신자여서 비교적 미사곡을 자주 듣는 편이지만 오늘 연주회에서도 별 불만은 없었다.

다만 이런 연주회를 명동성당 같은 종교적 장소에서 감상했으면 더 좋았겠다는 생각을 해본다. 하지만 유럽의 유서 깊은 성당에서도 신자들이 없어 세속적인 음악회를 하는 실정이니, 한 세기쯤 후에는 우리나라도 그렇게 될지 모른다. 나는 이즈음 우리나라 가톨릭 교회의 지도자들이 지나치게 사회 정의를 외치며 현실 문제에 깊이 개입하는 것에 불만을 지니고 있다. 모든 일에는 정도가 있어야 한다. 종교 지도자들이 아집과 독선과 자기만족에 사로잡히면 그때부터 내리막길이 온다. 그게 역사다.

■ 2018. 9. 18.

인간의 조건, 고통과 죄책감과 불안과 혐오감

〈돼지우리〉

모처럼 묵직한 주제의 정통연극을 감상하리라 벼르고 찾아간 아르코예술극장은 아직 시간이 일러 한산하고 조용했다. 1960년대 서울대학교 문리대 학생이었던 나는 이곳에 오면 특별한 감회에 사로잡힌다. 지금은 사라진 도서관 건물과 국문과 학과 사무실이 있던 장소에 오면 가슴 한구석이 아련해진다. 마로니에 나무만 여전히 그 자리에 서 있다. 나무가 움직이지 못하는 존재라는 것이 고맙다. 시간이 남아 여기저기 서성거린다. 여기를 '대학로'라고 이름 붙여놓았는데, 젊은이들은 식당과 커피숍과 술집에 넘쳐난다. '대학로'가 아니라 '유흥로'라고 바꾸어 불러야 할 것 같다.

연극 〈돼지우리〉는 문화예술위원회 후원으로 국내 초연의 공연 작품만을 선보이는 '베스트 앤 퍼스트(Best and First)' 시리즈 중 하나다. 남아공 극작가 아돌 후가드 원작, 손진책 연출의 2인극이다.

전쟁터에서 탈영해 자기 집 돼지우리에 숨어 살고 있는 파벨은 돼지우리에 대한 혐오감으로 가득 차 있다. 그는 승전 기념식에서 자기 모습을 드러낼 계획을 하지만 탈영병이므로 총살당할지도 모른다는 불안감에 발목을 잡힌다. 아내 프라스코비야는 전사자로 처리된 남편에게 수여된 훈장을 가지고 와 그의 더러운 속옷에 달아준다.

돼지우리에 스스로 갇힌 주인공 파벨의 절규는 고통과 죄책감과 불안과 혐오감으로 가득 찬 인간 존재의 상징이다. 꿀꿀거리는 돼지를 혐오하고 경멸하면서도 결국은 돼지에 동화되는 것이 인간이라는 존재다. 인간이기를 포기하면 살아남을 수 있고, 인간다운 존엄성을 되찾으려면 죽음과 마주해야 하는 파벨의 상황은 비극적이면서 보편적이다.

극은 돼지우리에서 수십 년을 산 파벨이 어느 깊은 밤 밖으로 나와 하늘의 별을 보고 귀뚜라미의 울음소리를 듣고 들장미 향기를 맡으며 감격에 겨워하는 것으로 마무리된다.

우울하고 염세적인 스토리지만 전통 비극의 플롯과는 다른 이 연극의 내용은 2차 대전 중 소련군을 탈출해 41년간 돼지우리에 살았던 실제인물의 이야기를 극화한 것이다. 인간 존재의 존엄성이 유지될 수 없는 상황에 부딪힐 때, 더럽게라도 살아야 하나 말아야 하나라는 것이 이 연극이 관객에게 던져주는 메시지다. 그렇게라도 목숨을 부지하는 것이 인간이지만, 그 인간은, 또한, 자신을 경멸하고 혐오할 수밖에 없을 것이다.

파벨 역의 박완규와 아내 프라스코비야 역의 강지은은 대단한 연기자들이었다. 박완규의 연기는 파워 있고 절박하며 생명감이 있었다. 강지은의 연기 또한 캐릭터의 성격과 잘 어울려 시골 아낙네 모습을 실감나게 표현하였다. 두 사람의 연기는 호흡이 잘 맞아 정통 연극다운 격조를 구현하였다. 자칫 과장되거나 작위적이기 쉬운 인물 설정인데 이 두 배우의 연기는 지나치지도 모자라지도 않았다.

두 사람 모두 큰 무대를 꽉 채우는 열정과 에너지가 돋보였고, 무엇보다 대사 전달력이 뛰어났다. 간혹 무대 위에서 배우가 관객을 향하지 않고 얼굴을 돌려 말할 때 대사 전달이 잘 안 되는 경우가 있는데, 이들은 그런 실수도 하지 않았다. 박완규는 전라 노출의 장면이 있었는데, 조금도 어색하거나 부자연스럽지 않았다. 관객을 몰입시키는 배우의 열정이 땀과 숨소리와 언어적 절규로 표현될 뿐이었다.

눈에 거슬린 것 한 가지 — 러시아 정교회에서는 성호를 그을 때 위, 아래 다음에 오른쪽, 왼쪽 순서로 한다. 이 극에서처럼 위, 아래, 다음에 왼쪽, 오른쪽 순서로 긋는 것은 로마 가톨릭 교회의 성호를 긋는 방식이다. 연출자와 배우들은 이런 사소한 동작까지 세심하게 신경 써야 할 것이다.

■ 2018. 9. 20.

장중하고 고아한 격조와 초월감

〈영산회상〉

　제대로 된 정악(正樂)을 감상할 기회가 쉽지 않은 터에 국립국악원 정악단의 2018년 10월의 가을 연주회는 이틀에 걸친 영산회상(靈山會相) 전곡 연속 감상이어서 다른 일 젖혀놓고 이를 감상하기로 한다. 첫째 날은 〈현악 영산회상〉과 〈관악 영산회상〉, 둘째 날은 〈별곡〉과 〈평조회상〉을 연주했다. 흔치 않은 기회였고, 기대 이상으로 감동적인 연주였다.

　영산(靈山)에 모인 부처와 보살이라는 뜻의 '영산회상불보살(靈山會上佛菩薩)'이라는 말을 줄인 〈영산회상〉은 본디 불교음악이었지만, 조선조 초기에 와서 궁중무용과 결합되어 노래를 곁들인 궁중음악이 되었다가, 점차 유교국가인 조선의 이념에 따라 노래는 부르지 않고 기악곡으로만 연주되었다.

　궁중행사나 성대한 잔치에서 주로 연주된 관악과 현악 영산회상에는 풍요롭고 화창한 기운이 있다. 〈관악 영산회상〉은 장쾌하고 엄숙하며 든든하고 꿋꿋한 기상을 느끼게 한다. 이 음악의 장중한 무게감과 듬직한 기개에는 청중을 압도하는 위엄이 있다. 〈현악 영산회상〉은 교묘한 긴장감의 바탕 위에 세련되고 섬세한 선율감이 우아하고 유려한 품격을 느끼게 한다.

이에 비하여 조선조 선비 사회 문사(文士)들의 풍류 모임에서 주로 연주되었던 〈별곡〉이나 〈평조회상〉에는 흥과 멋, 고상한 격조와 장중한 위엄이 주를 이룬다. 〈별곡〉은 흥청거림과 자유로움, 풍류감과 멋스러움의 감정이 중심이 되고, 〈평조회상〉은 자연스러우면서도 웅혼하여 듣는 이를 압도하는 힘이 있다.

나는 이 음악이 시작될 때의 지극한 느림에서 장중하고 고아한 품격을 본다. 지극한 느린 음의 이어짐에서 느껴지는 기이한 긴장감에는 교묘한 초월감이 깃들어 있다. 나는 도드리나 상현 도드리, 하현 도드리, 혹은 상령산, 중령산, 세령산 등의 박자 개념에 대해서는 잘 모른다. 다만 염불 도드리나 타령, 군악 등의 전환된 분위기와 활달한 악상, 춤곡풍의 경쾌함과 군악풍의 높은 음역의 연주에서 느껴지는 씩씩한 느낌을 즐길 줄은 안다.

피리와 대금과 같은 관악기와 거문고, 가야금, 아쟁, 해금 등의 현악기가 중심이 되고 장고 등의 타악기가 합세하여 빚어내는 이 음악의 연주에는 흥성스러움을 즐기되 유흥과 오락으로 타락하지 않는 격조가 있고, 화목하고 경사스럽고 밝되 지나치게 부박하거나 들뜨지 않는 절제감이 있다.

그러나 국립국악원 정악단의 이 연주 행사가 모든 면에서 만점인 것은 아니었다. 국립국악원 예악당에서는 전화 예약 시에 카드 결제를 받지 않았다. 계좌번호를 알려줄 테니 정해진 은행계좌로 입장료를 입금하라는 것이었다. 지금 이렇게 하는 공연 장소가 어디에 있나? 이렇게 고객 관리에 무신경해서야 청중이 늘 턱이 있나? 딱하고 한심하다는 생각이 들었다. 매표소의 직원도 별로 친절하거나 전문적이지 못해서 이것도 불만족스러웠다. 국악 행사에는, 행사와 연관되는 얼마간의 청중들이 있어, 객석이 어느 정도 채워지기는 한다. 그러나 나처럼 자발적인 순수한 고객들을 끌어들이는 데 좀 더 적극적으로 신경 써야 하지 않을까 하는 생각을 떨쳐버리지 못했다.

■ 2018. 9. 21.

수심과 한탄, 허무감과 원망의 정서
〈서도소리〉

추석날 국립극장 달오름극장에서 공연한 한가위 우리 음악과 춤 〈만월〉 공연은 표가 이미 매진되어 관람을 포기한 아쉬움이 남았다. 대신 용산아트홀 대극장 미르에서 명창 박정욱의 서도소리 공연이 있다 하므로 꿩 대신 닭이라는 기분으로 이걸 관람하기로 한다. 용산 구민을 위한 공연이어서 용산구민이 아닌 나는 초대권이 없었다. 주최 측에 연락하니 변 감독이라는 사람이 자기 이름 대면 입장시켜줄 거라고 친절히 응대한다.

관객 분위기는 어수선하고 산만했다. 공연 중 좌석을 옮기는 사람, 옆 사람과 속닥이는 사람, 휴대폰 보는 사람, 문 열고 나가는 사람들이 집중을 방해했다. 원래 우리 민속음악은 시끌벅적한 장마당에서 와자지껄한 난장을 벌이는 것이니 이런 풍습의 잔재라고 이해해도 좋으리라. 그러나 정돈된 극장에서 하는 공연에는 예절과 질서가 갖추어져야 하지 않을까?

또, 자주 겪는 일이지만 국악, 특히 민속악 공연 때에는 연기자나 가창자, 혹은 주최 측에서 중간 중간에 '얼쑤', '좋다' 하는 추임새를 넣으라고 미리 가르치는 것을 본다. 나는 이런 종류의 교육이 질색이다. 추임새는 흥에 겨워 자발적으로 우러나야지 누가 시킨다고 하는 것이 아니다.

서도소리뿐 아니라 황해도 평산 소놀음굿과 재담소리 이수자로 대표적 소리꾼 중 하나라고 알려진 박정욱은 기대했던 만큼 청이 좋았다. 소리의 결이 깨끗하고 거침없이 탁 트인 느낌을 주었다. 소리가 씩씩하고 통쾌하고 남성적이라는 인상을 받았다. 게다가 그는 재담꾼이어서 빠른 입놀림으로 사람들을 웃긴다. 이날 공연은 〈배뱅이굿〉을 기대하고 갔었는데 조금 실망스러웠다. 〈배뱅이굿〉의 유명한 부분, "앞집의 세월이 뒷집의 네월이 어쩌구 저쩌구" 하는 대목에 초점이 맞추어져야 하는데 전체 스토리를 짧게 압축해서 들려주는 바람에 산만하고 흐트러진 느낌이었다. 민요와 무가, 재담 등을 섞어 해학적으로 풀어내는 배뱅이굿의 전체 소리를 들어보는 기회가 있었으면 좋았겠다.

서도소리에는 수심과 한탄, 허무감과 원망의 정서가 짙게 배어 있다. 서러움의 감정과 흥이 뒤섞인 독특한 가락이다. 특히 발성의 첫머리에서 강하게 질러내는 소리가 인상적이고, 과장되게 떨다가 아래의 음은 곧게 뻗는 선율이 재미있다. 수심가나 엮음수심가의 서럽고 구슬픈 가락에는 듣는 이의 심금을 울리는 묘한 깊이감이 스며 있다.

이날 공연에서는 평안도 지역의 수심가, 엮음수심가 등과 황해도 해주 산염불의 긴염불과 잦은염불이 모두 좋았다. 합창자들 모두 소리가 괜찮았지만 특히 경기민요 명창 최은호와 김점순은 무대를 압도하는 당당함이 느껴졌다. 음량이 크고 우람했다. 씩씩하고 거침없는 발성과 일사불란한 선율감이 청중을 몰입하게 만드는 힘이 있었다.

다만 〈판열음〉이라는 제목으로 국악과 양악의 크로스오버 음악을 연주한 무슨 뮤직컴퍼니그룹의 공연은 내게는 불만이었다. 큰북, 작은북 등의 타악기를 위주로 하고 나발도 불고 전자기타도 섞은 연주는 국적 불명인 데다 너무 소란스럽다는 느낌을 주었다. 나는 국악의 현대화니 크로스오버니 하는 종류의 이벤트를 불신하는 편이다. 내 생각이 잘못 깃든 편견이기를 바랄 뿐이다.

이날 공연은 용산구가 남북정상회담을 기념하고 평화통일을 기원한다는 의미를 부여하여 만든 것이었다. 이런 종류의 의미 부여는 듣기에 괴롭다. 음악은 음악다워야 한다. 무슨 목적, 무슨 의미, 무슨 가치를 앞세우는 예술은 진정한 의미에서 예술이라 할 수 없다.

더욱이 한복 짓는 명창 운운하는 간판이 무대 위에 내걸린 것도 눈에 거슬렸다. 박정욱은 한복 디자이너이기도 하다는데 이날의 한복 무대의상은 소매가 너무 가늘고 속이 얼비치는 시스루 룩 취향이어서 보기에 거북살스러웠다. 언제부터인가 한복이 지닌 전통미의 본질이 사라지고 있다는 느낌을 피할 수 없다. 어느 한복 디자이너가 파리의 무슨 패션쇼에서 주목받았다는 한복 디자인도 웃옷소매가 과장되게 가늘고 일자형이어서 불편한 느낌을 주었는데, 지금은 이런 한복이 유행이다. 한복의 우아한 아름다움은 반달처럼 휘어진 저고리 소매선이 중요한 부분을 차지하는데 이걸 밋밋한 직선으로 바꾸어놓으니 북방계통의 민속의상에 가까운 느낌을 준다. 전통의 현대화니 개량이니 하는 것도 전통의 본질적 프레임을 벗어나서는 안 된다는 것이 내 생각이다. 이런 생각이 너무 보수적일까?

■ 2018. 9. 27.

소리꾼, 인물치레도 좋고 너름새도 일품인

김정민의 〈흥보가〉

국립창극단에서는 남산 국립극장 하늘극장에서 9월부터 12월까지 매달 한 번씩 토요일 오후에 완창 판소리를 시리즈로 공연한다. 9월에는 〈흥보가〉, 10월에는 〈춘향가〉, 11월에는 〈적벽가〉, 12월에는 〈심청가〉를 완창하는 흔치 않은 무대였다.

박록주제 〈흥보가〉를 김정민이 소리한 9월 29일의 〈흥보가〉 완창은 기대 이상이었다. 김정민은 소리가 깨끗하고 맑았다. 통성으로 내지르는 소리가 힘 있고 거침이 없다. 미모여서 인물치레도 좋고, 너름새도 일품이었다. 그녀의 정다운 음색은 호소력이 있고, 넉넉하면서 자유로운 몸동작은 그녀의 흥보가가 단지 노래만 감상하기 위한 것이 아님을 일깨워준다. 특히 흥보의 가난타령, 제비 노정기 등의 대목은 일품이었다.

국립극장의 소공연장 하늘극장에는 무대 바로 앞, 노래 부르는 가창자(歌唱者)와 마주 보는 자리에 방석을 깔고 앉게 되어 있는 좌석이 있다. '귀 명창석'이다. 다음에는 저 자리에 앉아보리라 마음먹는다.

불편했던 것 한 가지 — 공연 시작 전에 국악 전공의 대학교수가 나와서 해설을 하는데, 부디 이런 군더더기는 없앴으면 좋겠다. 해설이래야 우리나라 국악이 세계에서 으뜸가는 음악 장르라는 식인데, 이런 상투적 과장에는 식상한 지 오래다. 해설을 하려면 오늘 노래하는 명창의 발성이나 판소리 기법에 대해 좀 더 전문적인 지식을 전달해야 할 것이다.

■ 2018. 9. 29.

소리꾼, 인물치레도 좋고 너름새도 일품인

madangnori

마당놀이, 시끌벅적하고 흥겨운
국립극단의 연희무대

　용산구 청파동의 국립극단 공연장에서 추석 무렵에 하는 야외의 연희놀이는 〈나희(儺戲)〉라는 이름의 마당극이었는데, 탈춤과 버나 돌리고 상모 돌리는 마당놀이가 흥겨웠다. 〈나례(儺禮)〉, 혹은 〈나희(儺戲)〉란 옛날 전통 마을에서 동제나 축제의 첫머리에 마당을 정화시키고 희망을 심는 의식인데, 사람들이 가면을 쓰고 귀신을 쫓아내는 탈춤놀이를 말한다. 오늘날은 춤과 노래가 어우러진 연극적 오락의 한판 놀음이어서 시끌벅적하고 흥겨웠다. 큰 무대에서 하는 〈처용무〉는 그것대로 볼만하지만 이번 공연도 볼거리가 많고 관객과 연희자가 잘 어우러져 신명나게 즐기는 한마당이 되었다. 이즈음엔 안성에서는 '바우덕이 축제'가 열리고 안동에서는 탈춤을 중심으로 한 민속축제가 열린다. 다른 일로 그 두 군데에 다 갈 형편이 못 되어서 불만이었던 내겐 오늘의 공연은 그런대로 즐거운 볼거리가 되었다.
　이어서 백성희 · 장민호극장에서는 박정욱의 해주 〈철물이 굿판〉

이 벌어졌다. 〈철물이 굿〉은 새해를 맞이하여 조상과 귀신에게 집안의 평안과 풍년을 기원하는 집안굿인데 박정욱이 연희적(演戲的) 요소를 구사하는 솜씨는 뛰어났다. 무당춤에서는 빠른 템포로 어지러울 정도로 빙빙 돌고, 두 발을 모아 경중경중 뛰는 품이 인상적인데 이 몸동작도 그는 잘 요리했다. 마지막에 작두 타는 연기는 높은 상과 시루 위에 올라가야 하는데 아래의 받침이 흔들거려 조심스럽고 아슬아슬했다. "사람이 할 수 없는 것은 할 수 없다."는 그의 재담은 진심이었다. 굿 끝판에는 젯상의 떡이며 과일을 객석에 나누어주어 흥을 돋우었다. 나도 떡 한 덩이 얻어먹으니 기분이 괜찮았다.

다시 야외에서는 고성 〈오광대놀음판〉이 벌어졌다. 이날은 〈오광대놀이〉 다섯 과장 중 제1과장 '문둥북춤', 제2과장 '오광대놀이', 제5과장 '제밀주', 그리고 상여놀이로 끝맺었는데, 간략한 줄거리만 보여주는 것이어서 다소 아쉬운 감을 주었다. 양반에 대한 풍자, 처첩간의 갈등 등을 바탕으로 해학적인 춤과 노래와 능청스러운 연기의 즉흥성이 특징인 이 민속놀이는 전에도 여러 번 본 것이지만 볼 때마다 재미있었다. 다만 탈 때문에 대사 전달에 아쉬움이 있는 점은 문제였다. 탈을 쓰고 하는 발성이므로 막힘과 울림이 있어 듣기에 갑갑하고 제대로 알아듣기 어렵다는 한계가 있다. 이 연희에 종사하는 사람들이 풀어야 할 과제라고 생각되었다.

이즈음 우리나라 공연 풍토도 꽤 잘 준비되고 넉넉한 편이어서 마당에서는 먹을거리도 나누어준다. 이어서 창작극 마당놀이도 벌어지고 연희자와 관객이 함께 참여하는 포럼도 있지만 쌀쌀한 날씨 탓에 나는 이 정도로 관극을 마치기로 하고, 부근의 해장국집으로 향한다. 해장국집에서는 조금 전 〈오광대놀이〉를 끝낸 고성 민속극 팀이 왁자하게 식사 중이다. 대부분 늙은 사람들이어서 전통 민속놀이의 후계자 양성이 시급하다는 생각이 든다.

사실 이날은 롯데콘서트홀에서 런던심포니오케스트라 연주가 있어 나는 원래 그 공연을 가려고 계획했었다. 그러나 표가 이미 매진되었다는 소식에 여기 와서 민속놀이나 구경하려던 것이었는데 오히려 잘 되었다는 생각이 들었다. 비싼 입장료 내고 굳이 유명한 공연 찾아가는 것 못지않게 뜻 있는 저녁을 보낸 셈이다. 다만 런던심포니 연주 레퍼토리 중에는 내가 좋아하는 시벨리우스의 바이올린 협주곡이 들어 있어 여전히 한 가닥 아쉬움은 남았다. 하기야 런던 심포니 연주는 런던의 극장에서 관람해야 제격이지 하는 생각을 하며 스스로를 위안한다.

■ 2018. 10. 1.

고뇌와 수난, 굴복인지 굴욕인지

미트칼 알즈가이르의 〈추방〉

서울세계무용축제(Seoul International Dance Festival)는 약칭 'SIDance'
라고 한다. 중요한 현대무용을 감상할 기회여서 첫날 공연을 보러 간
다. 개막 공연은 이탈리아 출신 안무가 피에트로 마룰로(Pietro Marullo)
의 〈난파선〉인데 공연장소가 서강대학교 메리홀 대극장이었다. 그러
나 나는 이날 서초동에서 볼일이 있었으므로 예술의전당에서 시리
아 출신 미트칼 알즈가이르(Mithkal Alzghair)의 〈추방〉을 관람하기로 한
다. 올해의 주제가 '난민'이라는데 시리아 출신의 무용가가 보여주는
춤이 더 뜻 깊을 것 같기도 했다.

시리아 내전 때 프랑스로 건너와 파리에서 활동하는 이 무용수
는 중동 지방 사람다운 검은 턱수염과 깊은 눈이 침울한 인상을 준
다. 러닝셔츠 바람의 평상복에 낡은 부츠를 신고 덜거덕거리며 걷다
가 중동 지방의 민속춤 스텝을 밟는 동작은 수척해 보이는 그의 모습
과 잘 어울려 고뇌와 수난의 그림자를 짙게 드리운다. 커다란 흰 천

을 펼치다가 끌다가 접다가 하는 행위는 굴복인지 굴욕인지 알 수 없는 상징성을 띠었다. 미트칼 알즈가이르를 포함한 세 사람의 남자 무용수는 단순하게 걷는 행위도 춤이 될 수 있음을 보여주었다. 망명자의 정체성에 대한 물음과 해답 없는 고뇌가 이 춤이 보여주는 메시지였다. 우울하고 불안한 감정에 몰입하게 하는 춤이었다.

공연이 끝난 후 관객과의 대화 시간이 이어졌다. 나는 이런 행사가 별로 마음에 들지 않는다. 질문이래야 춤에 사용한 음악이 우리나라의 〈아리랑〉처럼 중동을 대표하는 민요인가 어쩐가 하고 묻는 식이고, 대답은 그저 아무 음악이나 내키는 대로 적당한 민속음악을 골랐다는 식이다. 공연 시작 전에 해설하거나 끝난 후에 대화하는 시간은 불필요한 사족일 따름이다.

■ 2018. 10. 2.

백치처럼 순수했고, 백치라서 순수한

〈백치〉

금년 가을에는 세계 명작 고전을 원작으로 한 연극이 많다. 대학로의 아르코예술극장에서 안톤 체호프의 〈갈매기〉, 국립극장에서 도스토옙스키 원작의 〈백치〉, 예술의전당에서 헨리크 입센 원작의 〈인형의 집〉 공연이 있다. 세르비아 국립극장의 〈드리나강의 다리〉도 빼놓을 수 없는 중요한 공연이다. 안톤 체호프의 〈갈매기〉는 일찌감치 입장권이 매진되었다. 아는 연줄을 통하여 표를 구해보려 했으나 되지 않았다. 우리나라 공연계도 많이 안정된 편이어서 연극계에 종사하는 사람 통해 표를 구하는 일도 쉽지 않다. 초대권을 남발하는 일도 거의 없어졌다.

박정희 연출의 〈백치〉는 무대 디자인이 재미있다. 무대 위의 의자와 테이블들은 기차 칸의 객석이 되기도 하고 화려한 파티장이 되기도 한다. 극의 내용은 원작소설에 충실한 편이었다. 페테르부르크행 기차 안에서 만난 두 사람의 주인공 미쉬킨 공작과 로고진, 그리고 아름답지만 오만한 여주인공 나스타샤와 순수하고 연약한 이글리아가 풀어내는 사랑과 욕망, 진실과 거짓, 대립과 화해 등은 인간에 대한 탐구라는 커다란 명제 아래 긴장감 있게 진행된다. 극의 파국에 해당하는 나스타샤 살해 장면은 무대에서 생략되고 대사로 처리하면서 미쉬킨과 로로진의 동성애 코드가 전면에 나온다. 이런 해석은 원작을 파괴하는 것이라기보다는 구부려놓았다는 편이 옳겠다.

미쉬킨 역의 이필모는 미남인 데다 늘씬하고 깨끗했다. 상대역 로고진 역의 김수현은 능란하고 흠 없는 연기력이 돋보였다. 나스타샤 역의 황선화나 이글리아 역의 손성윤도 좋은 연기자였다. 이들이 텔레비전 탤런트로 진출해 연극계에서 멀어지는 일이 없었으면 좋겠다. 무거운 내용이지만 지나치게 어둡지만은 않은 분위기로 이끌어간 것은 연출자와 연기자들의 호흡이 잘 맞았다는 증거라 할 수 있다.

주인공 미쉬킨 공작에 대해 "예전엔 백치처럼 순수했고, 지금은 백치라서 순수해요."라는 대사가 나오는데, 극이 끝나고도 이 말이 잊히지 않는다. 그런 사람을 현실에서 찾아볼 수 있을까. 도스토옙스키가 창조한 인물 미쉬킨은 그 순수함 때문에 백치라는 소설의 제목이 되었다. (10년 전 내 정년 기념문집에 서울대 국문과의 고정희 교수가 나를 '우주를 품은 소년'이라는 말로 평하여 쓴 적이 있었는데, 나는 그 말이 싫지 않았다. 늙었지만 어딘가 한구석 순진한 면이 남아 있다는 뜻으로 들렸기 때문이다.)

■ 2018. 10. 3.

태생적 춤꾼, 꾸밈없고 이쁘고 감각적인

파울라 킨타나의 〈잠재적인(latent)〉

스페인 무용가 파울라 킨타나(Paula Quintana)의 공연은 시리아 출신 미트칼 알즈가이르의 공연 이틀 후였다. 10월에는 갈 곳도 많고 약속도 많아서 공연 볼 짬 내기도 쉽지 않다. 날씨 좋으니 설악산이나 동해안 바닷가에 여행도 가야 하고, 여러 행사도 있으니 얼굴 내밀어야 할 일도 있고, 친구들과 약속도 많다. 또 이즈음 내가 하고 있는 서울 둘레길 걷기에도 아주 좋은 날씨가 아닌가? 연극이나 음악회 등 다른 공연도 좋은 것이 많으니 2주일 넘게 이어지는 'SIDance'만 여러 차례 보러 다닐 수는 없는 노릇이다. 홍신자 춤에도 관심 있고, 난민 주제의 다른 춤에도 관심이 있었지만 일정이 맞지 않았다.

이 스페인 무용가에게서는 플라멩코의 감각적 열정이 느껴진다. 태생적인 춤꾼이 지닌 아름다운 몸짓은 보는 이의 감성을 자극한다. 전통적인 플라멩코도 좋지만 현대무용으로 변용된 춤도 좋지 않은가. 감각적인 비트와 드라마틱한 동작, 흥을 돋우는 몸짓과 사랑스러운 자태가 인상적이었다. 꾸밈없고 이쁘고 매력적이다. 무대 위의 허공을 끌어당겼다 풀어놓았다 하는 몸놀림에서는 이야기를 내포한 즐거움이 전달된다.

아쉬운 것은 관객이 적다는 점이다. 예술의전당에서 자유소극장은 객석이 적은 공간인데 이런 중요한 공연을 여기서 하면서 만석이 못 된다는 것은 우리나라 관객들의 관심이 너무 음악이나 연극 쪽에만 쏠려 있지 않은가 하는 생각을 하게 한다. 프로그램 북 첫머리에 "현대무용 관람을 한 적이 없는 분을 초대해서 모시고 와주시기 바랍니다."라고 쓴 조직위원장의 심정이 이해가 간다.

■ 2018. 10. 4.

직선적 청결감과 명징한 운동감
제임스 전의 〈발레 정전(正典)〉

발레는 인간이 육체로 표현할 수 있는 가장 아름답고 신비로운 예술장르다. 우리 고전무용도 아름답고, 중동지역이나 중앙아시아 지역의 민속무용도 나름대로 독특한 미적 특징을 지니고 있지만, 가장 예술적인 춤은 역시 발레가 아닐까? 그러나 지나치게 정형화된 형태와 동작으로 이루어진 고전발레에 식상할 때가 있다. 〈백조의 호수〉니 〈호두까기 인형〉 혹은 〈지젤〉 등의 레퍼토리에 싫증을 느낄 때쯤 현대무용이나 현대발레를 감상하고 싶어진다.

외국에서는 모리스 베자르 발레단과 플로리다발레단 단원으로 활동했으며, 우리나라에서는 유니버설발레단과 국립발레단의 대표 발레리노로 이름을 날린 제임스 전은 20년 넘게 서울발레시어터를 이끌어왔다. 그의 춤 인생 60년을 회고하는 무대라 하니 큰 기대를 안고 아르코예술극장을 찾았다. 로비에는 무용 관계자들이 모여 서서 인사를 나누고 있었다.

제임스 전은 나이 든 표시가 전혀 나지 않았다. 단단하고 균형 잡히고 탄력 있는 그의 몸은 춤추기 위해 준비된 특별한 장치 같았다. 몸을 도구로 하는 예술이니 나이 들면 한계가 있을 텐데 그는 이를 초월한 사람 같았다. 저렇게 몸을 관리하려면 힘든 노력을 했을 터이다. 그의 몸은 부럽기도 하고 존경스럽기도 하다.

그의 춤은 선명하면서 날카로웠다. 직선적 청결감과 명징한 운동감은 현대적 감각을 지닌 이 무용수의 동작에 상쾌한 탄력을 부여하였다. 바람처럼, 물결처럼, 조용하면서 은은하고, 맑으면서 거리낌 없는 동작은 마음속으로 조용한 탄성을 자아내게 하였다.

간혹 현대무용에 무슨 무거운 상징성이나 심각한 메시지를 부여해 의미를 강화하는 비평을 본다. 그러나 좋은 춤은 그냥 보고 감탄하면 된다는 것이 내 생각이다. 추상적인 예술은 내용에 얽매이지 않는다. 우리 같은 아마추어 관객은 단지 미학적 감탄의 시간을 경험한 것에 만족할 따름이다.

■ 2018. 10. 5.

고통의 강물, 과감하고 격렬하고 격정적인

〈드리나강의 다리〉

서울국제공연예술제(Seoul International Performing Arts Festival), 약칭 'SPAF'는 10월 초부터 한 달간 열린다. 연극과 무용을 중심으로 한 공연예술 축제인데 내 관심을 끈 것은 노벨상 수상작가 이보 안드리치 원작의 연극 〈드리나강의 다리(The Bridge on the Drina)〉와 안톤 체호프 원작의 연극 〈갈매기〉였다. 〈갈매기〉는 일찌감치 입장권이 매진이라니 포기하였고, 〈드리나강의 다리〉와 〈비보이 픽션〉만 보기로 한다.

세르비아 국립극장의 〈드리나강의 다리〉는 금년에 내가 본 연극 가운데 가장 감동적인 공연이었다. 연출가의 독창성과 연기자들의 열정, 무대 디자인의 상징성과 효용성이 인상적이었다. 무엇보다 주제를 전달하는 강렬한 파워를 실감하게 하는 공연이었다. 자막으로 처리된 대사가 연기자의 발성과 일치하지 않는 정도의 흠이야 너그럽게 보아 넘길 수 있지 않은가?

오래전에 원작소설을 읽은 기억이 있는 내게는 극의 내용이 그다지 어렵지는 않았다. 보스니아의 비셰그라드를 배경으로 오랜 세월 이민족의 침입과 폭정에 시달려온 약소민족의 비극을 그린 이 극은 억압과 폭력, 민중적 분노와 복종의 현실, 엎치락뒤치락 지배 국민이 바뀌어도 여전히 피지배국민으로 남아 고통을 겪어야 하는 민족적 불행의 역사를 보여주었다. 종교적 갈등과 인종 분쟁은 인류 역사를 얼룩지게 한 가장 큰 동인이 아니었던가? 오스만투르크에 납치된 소년들, 그중 한 명은 고관이 되어 드리나강에 다리를 놓고, 다리를 경계로 이슬람 세력과 세르비아 정교회 사람들 간의 분쟁과 대립이 이어진다. 이후 극의 내용은 근대 식민지 시대까지 이어져 이 지역 수백 년의 불행을 형상화한다.

과감하고 단순한 무대 디자인의 시각적 효과, 강렬하고 비극적 호소력을 지닌 음악, 굴욕과 죽음을 상징하는 소도구들은 극의 연극적 효과를 살렸다. 무엇보다도 무대 위에 한 가득 펼쳐진 물(강을 상징하는)을 밟고 뛰고 궁글면서 펼쳐가는 배우들의 열정적인 연기와 고통스러운 동작은 과감하고 격렬하고 격정적이었다. 이 야심찬 대형 공연은 백 년 넘는 전통을 지닌 세르비아 국립극장의 수준을 보여주었다.

10여 년 전 발칸 지역을 자동차로 여행하면서 나는 보스니아 헤르체고비나에 대한 험한 기억을 지니고 있다. 내 여정은 체코 프라하에서 슬로베니아의 류블랴나를 지나 크로아티아의 두브로브니크까지 내려갔다가 보스니아, 세르비아와 헝가리를 거쳐 돌아오는 길이었는데, 보스니아 국경을 넘어 들어가자 갑자기 분위기가 험하고 스산해졌다. 코소보 내전이 끝난 지 10여 년이 지났건만 길가에는 총 맞은 자국이 뚜렷한 버리고 간 집들이 흔했다. 폐허 같은 풍경을 보면서 마음 아팠던 기억이 있다. 사라예보의 터키 민속 기념품 파는 가게에서는 탄피로 만든 볼펜도 팔았다. 얼마나 총질을 심하게 했으면 탄피가 저렇게 많이 굴러다녔단 말인가, 생각하면서 그 탄피로 만든 볼펜을 기념으로 사 왔다.

세르비아의 베오그라드에 관한 인상도 스산하고 을씨년스럽기는 비슷했다. 여기저기 눈에 띄는 전쟁의 흔적과 복구가 덜된 도시 풍경은 보는 이의 마음을 움츠러들게 하였다. 과거 유고 연방의 중심이었던 세르비아는 1980년 대(大)세르비아민족주의를 내세운 인간 도살자 슬로보단 밀로셰비치가 집권할 때 타민족을 말살하는 인종청소로 악명을 떨쳤다. 나는 일곱 개로 갈라진 이들 나라 가운데 몬테네그로, 북마케도니아, 코소보 세 나라는 못 가 보았고 나머지 네 나라는 여행한 경험이 있다. 내가 여행한 슬로베니아와 크로아티아에 대해서는 아름다운 기억을, 보스니아 헤르체고비나와 슬로베니아에 대해서는 스산하고 험한 기억을 지니고 있다.

세르비아 국립극장의 오늘 공연을 보고 나는 내 생각을 고쳐야 하리라고 마음 먹는다. 세르비아가 이만큼 높은 수준의 문화적 품격을 갖추고 있는 나라인 줄 몰랐던 나는 우물 안 개구리 격이 아니었나 하는 부끄러움을 느낀다.

■ 2018. 10. 11.

제2부

울림과 반향

신세대 감각, 헐렁한 복장의 스트리트 댄스

〈비보이 픽션 '코드네임 815'〉

10여 년 전 체코 프라하에서 한 학기 체류할 때 프라하 중심가의 시민회관에서 한국 비보이팀이 공연한다는 광고를 보고 내심 흐뭇해했던 기억이 있다. 지금은 온 세상에 퍼진 K-pop 덕분에 한국 대중문화 공연이 세계 여기저기서 열리는 판이다. 어떻든 이즈음 젊은이들이 미치게 빠져든다는 비보이 공연을 한 번쯤은 보아두는 것도 괜찮지 않을까 싶어 아르코예술극장의 〈비보이 픽션 '코드네임 815'〉라는 제목의 공연을 보러 간다.

오늘 공연하는 비보이 그룹 '퓨전엠씨'는 비보잉과 다양한 장르를 접목한 춤으로 세계 무대에서 인정받는 그룹이라 한다. 비보이 월드컵이라 불리는 경연에서 우승하기도 했고 2015년에는 세계 랭킹 1위에 올랐다고도 한다. 온통 새파랗게 젊은 사람들 가운데 머리 허연 늙은이가 끼어 앉았으니 적잖이 어색했지만 곧 객석의 불이 꺼질 테니 견딜 수 있다.

극은 비보이 춤을 바탕으로 극적 플롯을 구성한 공연이었다. 내용은 세계 비보이 대회를 준비하며 연습하던 주인공 정수가 사고로 전신마비가 되는데, 희망을 포기하지 않는 소년 정수는 힘든 노력 끝에 기적적으로 일어서고, 다시 춤을 추기 위하여 의학이 발달한 가상의 미래세계로 정수를 보내 꿈을 이루어준다는 스토리다. 이 이야기는 실화에 바탕한 것이라는데 공연 끝에 이야기의 모델이 된 젊은이가 나와 인사를 했다.

기계처럼 착착 맞춘 동작들, 머리를 땅에 대고 거꾸로 서서 돌거나 공중을 휙휙 나는 뜀박질에 객석의 젊은 남녀들은 환호성과 기성을 내지른다. "소리 질러!" 하고 외치는 무용수의 지시에 따라 아우성치고 소리 지르는 젊은이들은 나와 다른 세계의 인종들 같다. 나는 젊은이들의 이런 행동이 싫지 않다. 그 세대는 그 나름의 감성과 정서가 지배하는 것을 인정해야 하리라. 다만 지하철이나 계단에서 비비적거리는 젊은 남녀들이나, 지하철 안에서 입술 그리고, 눈썹 화장하는 것들을 보면 역겨운 느낌이 든다. 타인의 시선을 의식하지 않는다는 말은 시회생활의 기본이 안 되어 있다는 말과 같다.

헐렁한 복장에 다양한 스트리트 댄스의 기술과 역동적이고 화려한 움직임을 구사하는 비보이 그룹의 춤은 본래 미국 흑인 사회에서 시작된 것이 아닌가? 그러나 지금 한국의 젊은 세대가 이 문화에 젖어들어 있다는 현실을 거부할 수 없는 현상이다. 세상이 변하고 바뀐 것은 그대로 받아들여야 할 일이다.

홀로그램이나 레이저 아트 등이 동원된 이 공연에는 첨단 무대기술과 허구에 근거한 스토리텔링이 결합되어 신세대적 감각을 지녔다. 나는 다음 세대의 무대 예술이 어디까지 나아갈 것인지 잠시 혼란에 빠진다.

■ 2018. 10. 17.

철학적인 춤
네덜란드댄스시어터

네덜란드댄스시어터는 세계 정상급의 현대무용단이라는데 이날 본 현대무용은 내게는 좀 어렵게 느껴졌다. 다만 흉내 내기 힘든 고난도의 동작으로 인간의 육체가 지닌 역동적 힘과 유연한 동작으로 감정적 분위기를 표현하고 있다는 것을 느낄 수는 있었다. 뛰어난 무용수들의 상상을 초월하는 동작은 서커스단의 아크로바틱을 연상시켰다. 저런 춤을 추기는 참 어렵겠다는 생각이 들 정도였다. 심오한 정신적 깊이를 지닌 다소 철학적인 내용의 안무는 유럽적인 문화에 바탕을 둔 것일 게다.

이 무용단이 추는 춤의 정지와 변화, 시간성과 공간성, 긴장과 이완의 행위를 통해 인간의 육체가 펼쳐내는 메시지는 어떤 것일까? 나는 현대무용의 기법이나 양식적 특성에 대해서 더 공부해야겠다는 생각을 한다.

■ 2018. 10. 19.

오락성의 연희무대
〈변강쇠 점찍고 옹녀〉

국립창극단의 〈변강쇠 점찍고 옹녀〉는 몇 해 전 우리나라에서 초연되어 많은 호응을 받았고 연극계의 중요한 수상 경력도 있다는 데 나는 아직 보지 못했었다. 지난봄에는 프랑스 파리에서 〈마담 옹 (Madam Ong)〉이라는 제목으로 해외 공연하여 큰 성공을 거두기도 했다니 호기심도 일었다.

지금이야 세상이 달라졌지만, 우리 어렸을 때는 창극단이 인기 있었다. 여성국극단(女性國劇團)에서 임춘앵이나 김진진의 연기와 판소리에 반했던 추억이 있는 세대에겐 창극이란 특별한 감회를 불러일으키는 공연 장르다. 창극 혹은 국극이란 판소리 창법을 바탕으로 하지만 판소리처럼 혼자 노래 부르는 것이 아니라, 극중의 캐릭터들을 따로 따로 분담하여 연극적 무대를 꾸미는 것이니 서양의 오페라나 중극의 경극 비슷한 연희무대라 할 수 있다. 영화와 텔레비전의 인기에 밀려 몰락해버린 창극의 운명은 근대화의 바람이 미친 문화적 충격의 한 예가 아닐 수 없다.

이즈음에는 창극도 단순한 대중적 오락거리가 아니다. 판소리의 전통 발성과 가락의 창법을 바탕으로 현대적 연극 기법을 채용한 묵직한 주제의 작품을 선보이는 시대가 되었다. 스릴러 기법을 가미한 〈장화홍련〉이나 그리스 비극에 연결시킨 〈메디아〉가 그 예다. 어떻든 서양식 뮤지컬이 지배하는 시대에 우리 전통에 바탕을 둔 창극에 많은 사람들이 새롭게 관심을 가진다는 일은 고무적이다.

그러나 〈변강쇠 점찍고 옹녀〉는 내게 썩 만족스러운 느낌을 준 공연은 아니었다. 차라리 대중성과 오락성에만 집중한 〈변강쇠전〉을 원작보다 더 상스럽고 더 지저분하게 만들었으면 어땠을까, 하층민의 육두문자를 함부로 내뱉으며 성적 문란성과 격렬성을 더 과장했으면 어땠을까, 하는 생각이 든다. 이 〈변강쇠전〉 버전은 너무 점잖지 않은가 하는 생각을 해보게 된다. 시골 장터의 각설이도 등장시켜 각설이 타령도 들려주고 성적 행위 묘사도 더 과장할 수 있었을 텐데……. 연기자들은 노래도 잘 부르고 춤도 잘 추었지만, 어딘가 고급문화적인 인상을 주는 것이 오히려 불만스러웠다.

■ 2018. 10. 21.

"책 보지 말고 소리를 들어요"

김경호의 〈적벽가〉

완창 판소리 시리즈 중 10월에는 정미정의 〈춘향가〉 공연이 있었는데 나는 다른 일로 가지 못했다. 11월 마지막 토요일에는 김경호의 〈적벽가〉 공연이 있어 이를 관람하기로 한다. 전날 진주에서 공연하고 일곱 시간 넘게 운전해서 올라왔다는 소리꾼은 목청에서 피로감이 느껴졌다. 가을비가 추적추적 내리고 을씨년스러운 날씨에도 판소리 사설집을 펴들고 공부하는 자세의 관객들이 많았다. 나는 객석 맨 앞에 마련된 '귀 명창석'(무대를 가까이에서 볼 수 있도록 방석을 깔아놓은 앞좌석)에 앉았다. 〈적벽가〉는 〈흥보가〉나 〈춘향가〉에 비해 대사 내용이 조금 어려운 편인데 앞에 앉았다고 대사 전달에 별 차이가 있는 것은 아니었다.

자주 물 마시며 목을 가다듬던 소리꾼은 중간에 노래를 멈추고 거기 책 펴들고 앉아 있는 손님들 부디 책 좀 덮어달라고 부탁한다. 판소리 사설집을 들여다보면서 노래에 집중하지 않는 관객들 태도가 신경에 거슬렸던 것 같다. 그래도 객석에서는 책을 들여다보는 사람들이 여전했다.

피곤하고 불편한 시간이었다. 나는 중간 휴식 시간에 자리를 떴다. 오랜 시간 등받이 없는 방석에 앉아 있기가 불편하기도 했고, 갑갑하고 신경 쓰이는 시간을 굳이 버틸 필요가 없었기 때문이었다.

■ 2018. 11. 24.

볼레로, 감각과 광기와 에로티시즘과
〈쓰리 볼레로〉

　모리스 라벨의 〈볼레로〉는 내가 특별히 좋아하는 악곡이다. 젊은 시절 나는 이 인상주의 음악가의 음악에 매료되었었다. 집요하고 단순한 음악적 주제의 반복, 대칭적인 선율 구조의 간결함과 명료함, 그리고 색채와 리듬에 대한 강조가 특징인 이 곡은 그 발상과 표현이 파격적이고 공격적이다. 들릴 듯 말 듯한 희미한 소리에서 시작하여 귀청이 찢어질 정도의 굉음으로 발전하는 단순한 리듬은 듣는 이를 매혹시키는 기묘한 매력을 지니고 있다. 나는 인상주의 음악가 중에서는 드뷔시보다 라벨의 음악을 선호하는 편이다. 드뷔시가 대상의 이미지를 음악으로 추상화시켰다면 라벨은 대상을 객관적이고 투명하게 그려낸 점에 차이가 있다. 안개 속의 뭉그러진 이미지가 드뷔시 쪽이라면 환상적인 명료함이 라벨 쪽이라 할 수 있다.

　라벨의 볼레로는 무용과 긴밀히 연결되어 있다. 1920년대 니진스키 안무로 초연된 이래 기악곡으로 널리 연주되었지만, 1960년대 모리스 베자르 안무로 유명한 춤곡이 되어 이후 현대발레의 고전이 되었다. 감각적이면서 광기 어린 에로티시즘을 구현하는 이 춤은 원탁의 붉은 무대에서 조르즈 동과 실비 귀렘이 기진할 때까지 춤추는 장면이 유명하다.

국립현대무용단의 2018년 10월 공연은 김용걸, 김보람, 김설진 세 사람의 안무로 이 음악에 서로 다른 춤을 선보인 것이었다. 지난해 이 공연은 열광적인 객석의 반응을 일으켰다는데 나는 볼 기회가 없었다. 금년 공연은 다른 일 젖혀놓고 벼르고 별러서 구경하였는데 과연 기대만큼 인상적인 무용이었다.

김보람은 '철저하게, 처절하게'라는 표제를 들고 나왔다. 철저하게 정확하고 처절하게 극한적인 표현을 시도한다는 의미이겠는데, 그 의도에 걸맞게 그의 안무는 선명하고 섬세하면서 자극적이었다. 아홉 명의 소규모 집단의 무용수들이 보여주는 직관적이고 본능적인 몸부림은 인상적이었다.

김설진의 볼레로는 음악을 해체하고 재조립하는 실험성을 바탕으로 다소 전위적인 춤을 선보였다. 동작과 소품이 모두 창의적이었다. 파편화된 움직임과 의미 없는 몸짓들은 현대적이면서 자유로웠다.

내 개인적인 취향에는 김용걸의 볼레로가 제일 마음에 들었다. 40명 가까운 무용수들이 펼치는 원형 군무와 그 안에서 춤추는 솔로의 동작은 볼레로 음악의 본질과 잘 어울렸다. 음악의 리듬과 선율에 일체화된 춤의 흐름은 현대적이면서 감각적이었다.

집에 돌아온 후, 나는 1990년대 초반에 발간한 내 시집 『파랑눈

썹」을 찾아 거기 실려 있는 시 「볼레로」를 다시 읽어본다. 이 시에서 "…이 걸어온다"는 단순한 문장을 반복하면서 희미하고 부드러운 이미지로부터 강렬하고 격정적인 이미지로 발전하는 점층적 구조는 라벨의 음악 〈볼레로〉가 지닌 음악적 특성을 언어적 이미지로 환치한 것이었다.

희미한 공기 덩어리가 걸어온다
안개를 헤치고, 피리소리들이 걸어온다
푸른 스카프를 걸친, 홰나무들이 걸어온다
열린 문들에서, 구름의 신발들이 걸어온다
닭털 모자들이 걸어온다
젖은 전류들이 걸어온다
강철로 된, 비탈이 걸어온다
유황(硫黃)과, 산(酸)이 걸어온다
황금빛, 기관차가 걸어온다
불과, 파도와, 수증기와
깃발들이 걸어온다

— 졸시, 「볼레로」

■ 2018. 10. 12.

볼레로, 감각과 광기와 에로티시즘과

선정적이고 감각적인 춤, 신선하고 파격적인
〈마타하리〉

발레 〈마타하리〉와 〈라 바야데르〉에 관한 공연평이 신문에 대문짝만 하게 실렸다. 예술의전당에서 공연하는 국립발레단의 발레 〈마타하리〉는 신선한 파격으로 관객을 압도한 반면, 세종문화회관의 유니버설발레단 공연 〈라 바야데르〉는 정통 클래식 발레의 진수를 보여주었다는 평이다.

나는 이런 종류의 기사를 별반 신뢰하지 않는 편이다. 다분히 광고성인 성격의 기사에는 안무가에 대한 칭찬과 발레리나에 대한 찬사가 이어지게 마련이다. 신문이라는 것은 본래 흥미 있는 기사를 구성하는 데 주안점을 두기 때문에 두 가지를 비교하면서 이것은 이런 점이 좋고 저것은 저런 점이 좋으니 꼭 가서 보라는 식이기 때문이다. 문화부 기자들 가운데는 기사를 쓰기 전에 홍보 자료부터 보내달라는 경우가 적지 않다. 홍보 자료를 참고하지 말고 자신 있게 관람평을 쓰는 풍토라야 할 것이다. 내가 아는 시인들 가운데도 시집을

냈다 하면 홍보 자료를 신문사에 뿌리는 사람이 있다, 그런 사람은 그렇게 살고 나는 내 식으로 살면 그만일 터이기는 하다.

발레 〈마타하리〉에서는 등장인물이 더블 캐스팅이 아니라 트리플 캐스팅이었다. 같은 배역을 세 사람이 번갈아 맡아 나온다는 것은 좀 심하지 않은가? 내가 관람한 날은 김지영이 마타하리 역을 맡았다. 김지영은 몸매가 아름답고 춤 솜씨가 매혹적이어서 여간첩 마타하리의 관능미를 잘 표현하였다. 선정적이고 감각적인 몸놀림은 에로티시즘의 극한까지 이끌어간다. 발레는 그저 서양식의 고전 춤일 뿐이라는 생각을 벗어버리게 하는 드라마틱한 스토리 전개에 어울렸다. 그러나 단순한 섹시 스타의 성적 매력에만 집중한 것은 아니었다. 신선하면서 파격적이라는 느낌을 주었다. 레나토 자넬라(Renato Zanella)의 안무는 간결한 무대 디자인과 조명과 영상을 활용해 장면을 전환하는 기법이 돋보였다. 주인공에 초점을 너무 맞춘 탓인지 여러 사람이 추는 춤은 다소 상투적이라는 느낌을 준 것이 흠이랄 수 있겠다.

발레 〈라 바야데르〉에는 스베틀라나 자하로바가 나온다는데 이 유명한 발레리나의 기교적인 춤을 볼 수 없어서 아쉬웠다. 나도 나름대로 정해진 일정이 있으니 모든 관심 있는 공연을 다 찾아다닐 수는 없는 노릇이 아닌가?

■ 2018. 11. 2.

선정적이고 감각적인 춤, 신선하고 파격적인

섬세하고 유려하고 서정적인

상트페테르부르크 필하모닉, 안드라스 쉬프, 샤를 뒤투아

상트페테르부르크 필하모닉 오케스트라의 지휘는 원래 유리 테미르키노프로 예정되어 있었으나 샤를 뒤투아로 바뀌었다. 유리 테미르키노프의 형 보리스는 러시아 카바르디노발카르 공화국의 문화부장관도 역임했고 공화국 지휘자협회 회장도 했다는데 그의 죽음으로 인해 동생 유리는 큰 슬픔과 충격을 받아 건강이 악화되었다고 한다. 고령의 노인에게는 이런 일이 있을 수 있기는 하다. 몇 해 전 나이 90이 넘은 시인 김종길 선생이 상처(喪妻)한 후 두 주일도 지나지 않아 갑작스레 타계한 것을 보면 고령에 겪는 심리적 충격은 상상 이상인 것 같다.

베토벤 피아노협주곡 3번 〈황제〉를 협연한 피아니스트 안드라스 쉬프의 연주는 기대했던 대로 거장의 풍모를 보여주었다. 그의 피아노 연주는 섬세하고 유려하며 서정적인 아름다움을 지녔다. 소리가 맑고 청아했다. 노련하고 자연스러우면서 아무 데도 구애받지 않는 익숙한 솜씨였다. 다만 오케스트라와 피아노 모두 지나치게 정확하고 섬세한 아름다움의 표현에만 치중한 것이 아닌가 하는 생각이 들었다. 평론가들 중에는 그의 해석이 베토벤다운 강인함과 힘의 표현이 부족해 아쉽다고 할 사람이 있을지도 모르겠다. 안드라스 쉬프의 앙코르 곡은 바흐의 〈파르티타〉였는데 그의 진면목을 드러낸 명연주였다.

제2부에서 무소르그스키의 〈전람회의 그림〉을 연주한 상트페테르부르크 필하모닉 연주는 일품이었다. 깨끗하고 정확해서 완벽한 연주였다는 느낌을 주었다. 악기들의 음색이 주는 색채감이 선명하고 묘사적이라는 인상을 받았다. 음악적 엘리트 집단의 연주를 접할 수 있는 기회는 흔치 않은 일이다.

대체된 지휘자 샤를 뒤투아는 이즈음 성추행 논란에 휩싸여 있다. 지난해 말 여성 성악가 세 명과 연주자 한 명을 성추행했다는 의혹이 제기된 이후 로열 필하모닉 오케스트라, 샌프란시스코 심포니 등은 뒤투아와의 관계를 끊겠다고 발표하기도 했다. 내가 관여하는 우리나라 시인들 사회에도 이런 사건이 적지 않다. 지저분하게 살지 말아야 한다는 선입견 때문인지 그의 지휘에서 특별한 감동을 받지는 못했다.

■ 2018. 11. 3.

섬세하고 유려하고 서정적인

드보르작, 슬로바키아, 〈신세계로부터〉

슬로박 필하모닉 '드보르작의 향연'

슬로바키아의 브라티슬라바는 작고 아름답고 정감이 가는 도시였다. 2009년 체코의 프라하에 한 학기 체류할 때 나는 브라티슬라바를 두 번 여행한 적이 있다. 이 도시의 추억을 되새기며 오늘 공연을 기대하였다.

슬로박 필하모닉 오케스트라는 범세계적인 사운드보다는 민족적이고 전통적인 사운드를 특색으로 한다고 소개되어 있다. 그 민족주의적인 색채가 어떤 것인지 잘 분간할 능력이 없는 나는 오늘 프로그램에 드보르작의 바이올린 협주곡 A단조와 교향곡 제9번 〈신세계로부터〉가 있어서 이를 즐기기로 마음먹는다. 오늘 공연은 한국과 슬로바키아 수교 25주년 기념공연이고 행사 제목도 '드보르작의 향연'이라고 되어 있다.

드보르작의 신세계 교향곡은 너무나 유명한 곡이어서 몇 번 연주회장에서 들은 적이 있다. 흑인영가나 아메리카인디언 민요에서 영향 받은 멜로디가 체코적인 정서에 반영되었다고 하는 이 교향곡은 많은 이들에게 고향에 대한 향수를 떠올리게 하는 곡으로 정평이 나 있다. 작곡가 자신은 그의 음악이 아메리카적인 멜로디의 주제를 사용했다는 평을 못마땅해하고 단지 아메리카적인 정신을 반영했을 따름이라고 했다지만, 사실 따지고 보면 그게 그거 아닌가. 아메리카적인 정신은 아메리카적인 멜로디에 스며 있을 터이다.

롯데콘서트홀의 이번 연주회는 그런대로 무난했다 할 수 있겠지만, 음악회 분위기는 산만하고 어수선했다. 음악이 끝나기도 전에 박수 치는 사람은 서양 고전음악을 감상할 기본이 되어 있지 않은 셈이다. 사실 나는 이날 어딘가에서 공짜 입장권을 얻어 간 것이었는데, 공짜라고 무조건 좋아할 것은 아니라는 생각이 들었다. 연주를 탓할 생각은 없고, 다만 음악회 청중들의 분위기에 불만을 가졌다는 고백을 하고 싶을 뿐이다.

■ 2018. 11. 19.

드보르작, 슬로바키아, 〈신세계로부터〉

음악을 대하기를 귀부인 대하듯

비엔나 아카데믹 오케스트라 '리사운드 베토벤'

오스트리아의 빈은 음악도시다웠다. 몇 해 전 작은아들이 빈의 상사 주재원으로 있을 때, 나는 한 달 넘게 거기 머무르면서 음악회도 가고 음악가들의 생가도 찾아다닌 적이 있었다. 빈은 크지 않은 도시여서 내가 머무르던 도나우인젤역에서 지하철을 타면 어디든지 쉽게 갈 수 있었다. 도심지에 있는 파스콸라티 하우스는 베토벤이 10년 이상 살면서 교향곡 5번 〈운명〉 등을 작곡한 곳이고, 지하철 네스트로이 플라츠역 앞에 있는 아파트 2층의 요한 슈트라우스 기념관은 19세기 후반 그가 여기서 왈츠곡 〈아름답고 푸른 도나우강〉을 작곡한 곳이다. 모차르트가 살았던 집도 있고, 슈베르트가 살았던 집도 있다. 조금 외곽에는 하이든이 살았던 집도 있다. 이곳들은 그들이 살았던 수세기 전 모습 그대로인 것에 나는 깊은 인상을 받았다.

이즈음 우리나라 지자체에서 문화예술인들의 생가를 복원, 관리하는 것을 보면 너무 심하다 싶을 때가 있다. 복원한답시고 낡은 집을 허물어 새로 짓는가 하면, 관광지로 꾸며 사람 모이는 큰 장터를 만들기도 한다. 고창 질마재의 서정주 생가는 초가집에 토방이 있던 옛날 모습이 좋았다. 하동의 토지문학관은 시끄러운 장터를 만들어 놓아 보기에 불편하다. 원래대로 놓아두고 작은 기념패 하나 붙여두면 좋지 않았겠는가?

비엔나 아카데믹 오케스트라의 '리사운드 베토벤'은 2016년 가을부터 시작한 베토벤 음악 재현 프로젝트다. 지휘자 마르틴 하젤뵈크(Martin Haselbock)가 이끄는 이 타이틀의 프로젝트는 오스트리아다운 색채를 강조하며 비엔나 고유의 감수성과 음악성을 재현하려는 운동이다. 시대악기를 통해 울려내는 베토벤 당대의 오리지널 사운드를 들려주는 일을 목표로 한다는 이 오케스트라의 첫 내한 연주회라 하니 기대가 컸다.

오늘 프로그램에서는 〈에그몬트 서곡〉과 교향곡 9번 〈합창〉이 내 관심사였다. 연주는 단아하고 깔끔했다. 우아하기도 하고 화려하기도 한 바로크 시대의 음향을 들려주려는 노력이 보였다. 음악회 소개평이나 프로그램 해설에 늘 따라다니는 상투어가 있다. 신선하다거나 독창적이라거나 혁신적이라는 어투인데, 이 방면에 전문가가 아닌 내게는 그저 단아하고 유려하며 고상하게 연주하는 것으로 보일 따름이었다.

지휘자 마르틴 하젤뵈크는 귀족적인 인상을 주는 품위 있는 지휘를 보여주었다. 지휘봉 없이 움직이는 손놀림은 부드러우면서 정교했다. 저명한 오르간 연주자이기도하다는 그의 음악적 접근은 음악을 대하기를 귀부인 대하듯 정중하고 귀하게 받들어 모시는 것 같았다.

베토벤 〈합창〉 교향곡도 그런 의미에서 지나치게 이쁘고 우아하게 만들지 않았나 하는 인상을 받았다. 격렬하다거나 난폭하다거나 폭발할 듯한 에너지를 분출하는 대신 절제되고 정교하게 잘 다듬어 냈다는 느낌이었다.

■ 2018. 11. 10.

졸다가 깨다가 하품하다
〈인형의 집〉

헨리크 입센 원작 〈인형의 집〉은 너무나 유명한 작품이어서 상당히 기대하고 갔는데 소문난 잔치에 먹을 것이 없다는 식으로 별반 예술적 감동을 받지는 못하였다. 연극 전문가의 눈으로야 연출이나 연기에서 무언가 새로운 점이 있다고 할지는 모르겠으나 나는 그저 지루하고 갑갑한 시간을 보냈을 뿐이다.

연극 〈인형의 집〉은 연극이나 연기 전공하는 학생들에게는 기본적인 텍스트에 해당한다. 여성 해방과 인간 존엄성 문제를 본격적으로 다루었다는 주제나 근대극의 기틀을 확립했다는 예술사적 의의에서 이 극은 중요한 가치를 지닌다. 게다가 러시아 최고의 권위 있는 상을 수상했다는 연출가 유리 부투소프 연출이라는데 왜 내게는 별 감흥을 주지 못했을까. 우선 대사 전달에 문제가 있었다. 상투적인 발성과 부정확한 발음, 뒷자리에까지는 정확히 전달이 안 되는 음량은 관극의 흥미를 반감시켰다. 그리고 어둡고 침침한 무대에서 갑갑하게 진행되는 스토리 전개는 신선하다거니 창의적이라는 인상을 주지는 못했다.

50분씩 3막을 공연하며 중간에 10분씩의 휴식 시간이 있으니 세 시간을 소비한 공연인데 나는 뒷자리에 앉아 졸다가 깨다가 하품하다 돌아왔다.

■ 2018. 11. 25.

싫어한다고 말하는 데도 용기가 필요한 세상

〈보헤미안 랩소디〉

영화 〈보헤미안 랩소디〉 열풍이 분다고 한다. 1970년대 이름 날렸던 록그룹 퀸의 보컬 프레디 머큐리를 주인공으로 그의 일대기를 그린 영화인데, 영화에는 그룹 퀸의 히트곡 〈위 아 더 챔피언(*We are the champion*)〉 등의 노래가 나온다. 이 영화가 지금 우리나라에서 대박을 터트려 관객 수 600만을 돌파했다고 하고, 흥행 수입은 4천만 달러를 넘어 퀸의 고향 영국이 벌어들인 5천만 달러를 넘어설 기세라 한다.

영화를 보며, 영화 속에 나오는 노래를 들으며, 중년층 관객 가운데에는 눈물 흘리는 사람들도 있고, 젊은이들은 영화의 주인공 프레디 머큐리가 입었던 가죽 점퍼를 사러 보세 가게에 줄을 서고, 프레디 자서전과 음반이 불티나게 팔려 나간다고 한다. 신문마다 대단한 신드롬이라 하며 이런 사회적 현상에 대한 원인 분석에 열을 올린다. 소외된 사람들, 갈등과 단절에 시달린 사람들에게 위안을 주는 영화이기 때문이라고 대학의 심리학과 교수의 말을 인용하여 설명한다.

　그러나 나는 이 영화를 보면서 내내 기분이 좋지 않았다. 앞니가 불규칙하게 튀어나온 못생긴 뻐드렁니 얼굴의 주인공, 불쾌하고 황당하고 이해할 수 없는 노래 가사, 귀청을 때리는 하드록의 굉음으로 도배된 영화에 사람들이 몰린다니 이해할 수가 없다. 더욱이 남자끼리 입 맞추는 동성애 장면이라니! 끔찍하지 않은가? 이런 영화를 두고 부모와 자녀가 함께 극장을 찾는 경우도 많다고 말하며, 한국인의 감정선을 건드리고, 세대 간의 갈등을 해소한다고 설명하니 어이가 없다.

　영화에서 퀸이 "우리는 부적응자를 위해 노래 부르는 부적응자"라고 하는 말이 소외 계층을 위로하는 말이기는 하다. 그러나 마약과 동성애에 탐닉하다가 에이즈로 죽은 대중음악 가수가 무슨 영웅이나 위인이라도 되는 양 미화되는 것은 옳은 일이 아니다. 사회에서 소외되었으면 이를 극복하려고 피나게 노력해야 하고, 세대 간 갈등이 있으면 풀어내려는 시도를 해야 하고, 소통이 안 되고 단절되었으면 해결할 방도를 궁리해야 하는 것이 정상이다.

　신문이라는 것은 원래 사회적 현상을 따라다니며 설명하고 미화하고 정당화하는 속성을 지니고 있다. 전문적인 시인이 보기에는 언어적 표현의 기본도 안 되어 있는 유치하고 깊이 없는 감상적인 시집이건만, 수십만 부 팔리는 베스트셀러가 되면 이것도 사회적 현상이라고 대서특필하며 미화하는 예를 많이 보았다. 많이 팔리면 덩달아 사 읽게 되는 것이 사람들의 심리다. 그러나 대중적 인기란 반드시 가치 있는 것에만 몰리는 것은 아니다.

이 영화가 불러일으키는 열풍도 비슷한 경우가 아닐까? 사람들이 몰린다니 나도 빠질 수 없다는 생각, 유행에 휩쓸려 비판 없이 따라가는 세태가 이런 열풍을 불러온 것 아닐까. 나는 이런 풍조가 싫다. 올바른 감상자는 올바른 비평적 감식력을 지녀야 한다. 소위 명품이라는 물건을 너도나도 선망하고, 유행처럼 성형외과에 여자들이 몰리고, 복장도 말투도 인기 있는 배우들을 따라하는 젊은이들을 보면 안타까운 생각이 든다. 영화 〈보헤미안 랩소디〉를 싫어한다고 말하는 데도 용기가 필요한 세상이 되었다.

■ 2018. 11. 26.

리듬감과 자유로움과 추상성

〈쓰리 스트라빈스키〉

국립현대무용단의 2018년 11월 말 공연은 〈쓰리 스트라빈스키〉였다. 스트라빈스키의 음악에 세 명의 무용가가 안무한 다른 작품들을 한자리에 모은 것이었다. 20세기 초 현대예술의 초창기에 파리 무용계에 충격을 주었던 스트라빈스키의 〈불새〉와 〈봄의 제전〉은 자주 연주되는 곡이어서 익숙하지만 다른 음악들은 낯설고 덜 친숙한 것들이었다.

김재덕 안무의 〈이곤〉은 고대 그리스어로 갈등, 대결, 경기 등을 뜻하는 말이라는데, 안무가는 이 의미에 걸맞게 절도 있고 규격적인 동작을 위주로 집단적 통일감을 강조하였다. 검은 옷의 어두운 느낌, 리듬감에 얹힌 타격 동작과 이완의 자세, 단체와 개인의 대비 등은 이 춤에서 느껴지는 직관적 강인성을 전달하기에 충분하였다.

정영두 안무의 〈심포니 인 C〉는 편안하고 자연스러웠다. 음악은 드라마틱한 부분과 서정적인 부분이 교직되어 전개되는데 안무가는 메시지가 없는 상태의 추상적 즐거움에 초점을 맞추었다고 말한다. 그는 여행에서 얻은 영감을 이 춤의 모티프로 활용하였다고 하는데, 여행지에서의 흥분감과 낯선 기분, 생경한 사람과 풍경, 인연과 이별, 신기한 예술적 체험 등을 몸으로 표현하려고 노력한 흔적이 짙다. 자유롭고 재미있고 신선한 춤이었다.

안성수 안무의 〈봄의 제전〉은 춤곡으로 널리 알려진 스트라빈스키의 음악과 잘 조화를 이룬 무용이었다. 복잡하고 강렬하며 불규칙적인 리듬이 특징인 스트라빈스키의 음악은 자유롭고 강인하며 원초적인 힘을 지니고 있다. 협화음과 불협화음이 함부로 중첩되고 밀어내는 가운데 현대음악의 불규칙적인 소리 패턴을 보여주는 이 음악을 바탕으로 안무자는 음악을 춤으로 변형시킨다. 이 춤에는 강인하고 원시적인 남성미와 섬세하고 에로틱한 여성성이 녹아 있다. 여대사제, 여승들, 제전에 참가하는 남성들 등의 중심 캐릭터가 있지만 이 춤에서는 서사적 전개보다 추상적 표현성이 더 강조되어 있다.

〈쓰리 볼레로〉와 〈쓰리 스트라빈스키〉, 두 번의 현대무용 공연을 놓치지 않고 관람한 것은 이번 가을의 보람이었다.

■ 2018. 12. 1.

리듬감과 자유로움과 추상성

오르간 학예회

〈오르간 오딧세이〉

롯데콘서트홀은 썩 좋은 파이프오르간을 구비하고 있다. 콘서트홀 전면을 장식한 거대한 파이프오르간은 청중을 압도하는 위용을 갖추고 있다. 5천 개의 파이프로 구성된 은빛 찬연한 악기의 모습은 위풍당당하고 늠름하다. 오래전부터 나는 여기서 연주하는 오르간 소리를 들어보고 싶었지만 번번이 일정이 맞지 않아 기회를 얻지 못했었다. 다른 약속을 젖혀놓고 12월 2일의 〈오르간 오딧세이〉와 다음날의 〈오르간 시리즈〉 연주를 이어서 듣기로 한다.

크리스마스 스페셜이라는 부제가 붙은 12월 2일의 연주회 분위기는 실망스러웠다. 중학교 학예회 같은 호사가 취향의 이벤트였다.

처음, 차이콥스키의 〈호두까기 인형 모음곡〉 가운데 네 곡을 연주하였는데 오르간에 어울리지 않는 선곡이었다. 콘서트 가이드가 나와 악기에 대한 해설을 하고 어린 학생들을 불러내어 악기를 만져보고 건반을 눌러보게 하는 행사는 어린이용의 음악 수업에 불과했다. 이어서 색소폰과 소프라노, 트럼펫 등의 협연으로 진행되었는데 음악을 가까이하게 하는 교육적 행사라는 의미 외에는 별다른 감흥을 느낄 수 없는 행사였다.

유명한 음악학교에서 전문적인 교육을 받은 엘리트 연주자들이 나와 잠깐씩 선보이는 연주는 단출하고 간소하였다. 연주자의 아름다운 자태나 악기의 독특한 음색을 선보이는 교육적 효과가 눈에 뜨일 따름이었다. 끝까지 참고 앉아 있다 나오면서 내일의 본격적인 연주회나 기대하기로 한다.

■ 2018. 12. 2.

사색적이며 종교적인 울림과 반향

다니엘 로스 〈오르간 시리즈〉

12월 3일의 오르간 시리즈는 프랑스의 오르가니스트 다니엘 로스의 연주였다. 화려한 경력을 지닌 다니엘 로스의 오르간 연주는 기대를 저버리지 않는 차원 높은 수준이었다.

이날 연주에서 나는 바흐의 〈환상곡과 푸가〉, 비에른의 〈환상곡 모음곡〉, 비도르의 〈오르간 교향곡〉 등에 깊은 인상을 받았지만 특히 감동적인 것은 다니엘 로스 자신이 작곡한 〈마니피카트 오르간 곡집〉 가운데 두 곡, '연민'과 '영광' 부분이었다. 웅장하고 당당한 음색과 거대한 음역은 오르간만이 지닌 자랑거리라 할 수 있다. 바흐나 프랑크의 음악은 종교적이면서 사색적이다. 오르간곡은 특히 첫머리의 굉음이 청중을 사로잡는 강한 힘을 지녔다.

진지하면서 고상한 느낌을 주는 이 악기의 음색은 아름답다기보다는 철학적인 분위기를 지녔다. 나는 다니엘 로스가 작곡한 〈마니피카트〉에서 편안하고 우아하면서 깊이감에 넘친 인상을 받았다. 장엄하면서 묵직한 음악을 접하는 기회를 가질 수 있어서 좋았다. 오르간 음악은 울림과 반향이 좋은 대성당에서 들어야 제격이지만 오늘의 연주도 모처럼 흡족한 시간이 되었다.

■ 2018. 12. 3.

소란스럽고 과장되고 시끌벅적한

〈마틸다〉

나는 뮤지컬 공연을 즐겨 찾아다니지 않는 편이다. 시끌벅적하고 소란스러운 무대 분위기, 아름답다기보다는 고성을 내지르는 노래들, 서구 취향의 스토리 전개와 의상들이 혼을 빼앗는 뮤지컬이 대부분이기 때문이다. 12월 4일의 공연은 극단 '신시' 창립 30주년 기념 무대여서 이름 알려진 연기자나 연극 관계자들이 많이 눈에 띄었다. 역삼동의 LG아트센터는 의자가 낡고 불편했다. 20여 년 전에는 썩 좋은 극장이었고 중요한 공연을 많이 한 실적이 있지만 지금은 꽤 낡은 편이다. 이나마 LG와 GS그룹이 분리되어 이 공연장이 김포 쪽으로 옮길 계획이라 하니 아쉽기만 하다.

공연은 시작부터 관객의 혼을 빼앗는 높은 음정의 합창으로 막을 열었다. 정신없이 휘둘러 가는 춤과 노래, 과장된 연기와 집단체조 같은 단체 동작들, 스토리 전개보다는 군무와 합창과 시끌벅적한 소란스러움이 정신을 산란케 하는 분위기는 내 취향이 아니다. 극의 내용은 천재 소녀 마틸다와 이해성 없는 상스러운 부모, 난폭하고 억압적인 교장과 부드럽고 선한 여선생, 장난기 많은 어린이들과 좀 모자라는 도서관 사서, 여기에 탈출연기 마술사와 공중곡예 여성의 서커스 이야기가 덧붙여진다. 이런 종류의 이야기 설정은 새로운 것이 아니다. 영화 〈죽은 시인의 사회〉라든가 〈위플래스〉 등에서 본 내용과 유사한 설정이라 할 수 있다. 교육적인 목적의 극도 아니고 현실성이 있는 극도 아니다. 흥행 위주의 볼거리와 놀거리에 집중한 무대였다. 어린이의 입을 통해 정의와 용기, 불의와 위선적 억압에 대한 반항을 보여주는 것이 이 드라마가 전하는 메시지라 할 수는 있겠다.

여주인공 마틸다 역의 소녀는, 이름은 모르지만, 너무나 이쁘고 귀엽고 놀랍게 깜찍하다. 뉘 집 딸인지 그런 아이를 둔 부모는 자랑스러울 것 같다. 유명한 뮤지컬 배우 최정원은 목소리가 맑고 고음으로 내지르는 노래가 거침없고 유려했다. 교장 역을 맡았던 배우의 연기도 좋았고 어린이들의 합창과 집단적 동작도 인상적이었다. 다만 지나치게 과장되고, 극적 진지성보다는 정신없이 빠르게 진행되는 노래와 춤의 속도감에 몰입하도록 계획된 연출이 상투적으로 느껴졌다.

오페라에서는 그렇지 않은데 뮤지컬 공연에서는 배우들의 음성이 왜 기계장치의 도움을 받는 것이 일반적일까? 기계장치의 도움을 받아 증폭된 목소리는 비인간적이고 부자연스럽다. 오페라 가수의 발성법과 뮤지컬 배우의 발성법은 기본이 다르기 때문일까? 나는 이것도 불만이다. 이런 공연 제작에 수십억 원을 투자한다는 것이 이해되지 않는다.

■ 2018. 12. 4.

소란스럽고 과장되고 시끌벅적한

부드러우면서 정확하고 유연하면서 섬세한
안네 소피 무터와 차이콥스키

젊은 피아니스트 조성진과 원숙한 바이올리니스트 안네 소피 무터를 협연자로 초청하여 이틀간 공연하는 이번 연주회는 도이치 그라모폰 창립 120주년 기념 행사였다. 오래전 도이치 그라모폰의 노란색 레이블이 붙은 LP 음반을 사 모으면서 이것은 원판이고 저것은 복사판이고 하면서 흐뭇해하던 시절이 있었다. 헤르베르트 폰 카라얀과 베를린 필하모닉 오케스트라의 연주 음반은 도이치 그라모폰의 대표 이미지였다. 많은 음악 애호가들의 사랑을 받던 이 음반회사가 120주년의 연륜을 지녔다니 감회가 새롭다.

이즈음 우리나라에서 인기가 많은 첫날 조성진 공연 티켓은 일찌감치 매진이어서, 나는 바이올리니스트 안네 소피 무터가 출연하는 둘째 날 예술의전당 콘서트홀을 찾았다. 레퍼토리는 막스 브루흐의 바이올린 협주곡 제1번과 차이콥스키 교향곡 제6번 〈비창〉이었다. 두 곡 다 내가 특별히 좋아하는 곡이어서 상당한 기대를 하고 갔는데 연주회는 역시 기대 이상의 만족을 주었다. 오늘 연주하는 서울시립교향악단의 지휘는 원래 정명훈이 맡기로 되어 있었는데 건강상의 이유로 리오넬 브랑기에 지휘로 바뀌었다. 이런 일이 심심치 않게 일어난다. 공연예술에 종사하는 사람들은 정말 몸을 소중히 관리해야 할 것 같다.

1970년대 이래 40년 넘게 활동해온 바이올리니스트 안네 소피 무터는 그 명성에 걸맞게 노련하고 원숙한 연주를 선보였다. 바이올린의 현을 비비는 솜씨가 부드러우면서 정확하고, 유연하면서 섬세했다. 자유롭고 넉넉하면서 늠름한 거장의 풍모가 엿보였다. 바이올린의 여제라는 별명에 어울리는 자신감, 자연스럽고 명쾌한 리듬감을 타고난 이 천재의 연주를 듣는 일은 큰 즐거움이었다. 오늘 연주한 막스 브루흐의 바이올린 협주곡 제1번은 서정적이면서 낭만적인 정취가 스며 있는 곡인데, 안네 소피 무터는 과하지도 모자라지도 않은 안정감으로 이 음악을 요리하였다.

차이콥스키 교향곡 제6번 〈비창〉을 연주한 서울시향의 솜씨도 만족스러웠다. 우울하고 을씨년스러운 도입부의 인상은 작곡가 자신의 비관적 세계관과 연결되어 있는데, 오늘 연주는 첫머리부터 이런 느낌을 잘 살려 청중의 감성을 자극하였다. 한숨과 탄식을 떠올리게 하는 선율은 러시아 정교회의 위령 전례음악과 관계 있다고 알려져 있는데, 서울시향의 바순과 금관악기 연주자들은 이 부분 연주에 정성을 쏟았다. 이후, 급박하게 휘몰아치는 3악장의 격렬하고 폭발적인 마무리 끝에서는 오늘도 어김없이 일부 청중들의 박수가 터져 나왔다. 이번 경우에는 박수 치는 청중들이 무식하게 느껴지지 않는다.

부드러우면서 정확하고 유연하면서 섬세한

음악에 너무나 진지하게 몰입되어 있었기 때문에 전통적인 피날레 부분으로 착각하였으리라.

연주회장을 나와 갑자기 추워진 날씨에 어깨를 움츠리고 걸으면서도 나는 흐뭇한 만족감에 젖는다.

■ 2018. 12. 8.

로맨틱하고 강렬하고 울림이 깊은

웅산

미국 문화에 대한 거부감만 제외한다면 재즈는 독특하고 매력적인 음악 장르다. 재즈에는 인간의 혼을 적시는 비탄의 감정이 있고, 사랑과 이별에 대한 환희와 애절함이 있다. 재즈에는 자본주의 소비문화의 대중성이 있으면서 현대적 감각의 예술성도 갖추어져 있다. 재즈는 본래 미국 남부 흑인 노예들의 희로애락이 깃든 음악 장르가 아니었던가. 프랑스의 샹송이나 이탈리아의 칸초네, 스페인의 플라멩코, 포르투갈의 파두에는 그런 음악이 생겨날 만한 역사적, 사회적 배경이 있었다. 오늘날 재즈는 전 세계적으로 애호되는 음악 장르여서 굳이 미국적이라고 못 박을 필요는 없을 것이다. 또 미국적이라면 어떤가? 듣는 이의 감성적 취향에만 맞으면 될 일 아닌가. 그렇다 하더라도 6·25동란 피란 시절, 흑인 병사들 트럭을 쫓아다니며 "헤이, 초콜레트 기브 미." 하던 기억이 있는 우리 늙은 세대에게는 묘한 저항감을 주는 것이 미국 문화다.

몇 해 전, 프랑스에서 활동하다 일시 귀국한 나윤선의 재즈 콘서트에 간 적이 있었다. 꽤 기대하고 갔었는데, 조금 시들한 기분을 안고 돌아왔다. 지나치게 이쁘게, 지나치게 부드럽게, 지나치게 섬세하게 노래 부른다는 느낌이었다. 클래식 음악 공연을 주로 찾아다니는 나에게는 나윤선과 쌍벽을 이룬다는 웅산의 재즈 공연을 볼 기회가 없었다.

미인이고, 섹시한 분위기도 있는 웅산은 매혹적인 중저음의 음색을 지녔다. 그녀의 노래는 로맨틱하면서 강렬하고, 선율감이 분명하면서도 울림이 깊다. 노래를 따라가는 것이 아니라 노래를 몸 속에서 품어 올린다는 느낌은 그녀의 음악에 자신의 혼을 담았기 때문이리라. 너무 이쁘지도 않고 너무 난폭하지도 않은 그녀의 노래에는 적당한 감정적 절제가 담겨 있다. 그녀 노래의 특징이라는 '쿨한 소울 창법'은 이런 호소력을 표현한 말일 것이다.

즉흥성이 재즈의 특성이라는 말은 웅산이 〈비탄(Morning)〉이라는 노래를 부를 때 잘 드러났다. 이 영어 노래 후반에 "광대라 하는 것은 첫째가 인물치레요, 둘째가 사설치레요, 그 다음 득음(得音)이요, 그 다음이 너름새라" 하는 신재효의 〈광대가(廣大歌)〉의 한 부분을 섞어 불렀다. 이런 즉흥성도 잘 소화할 만큼 웅산의 무대는 자유롭고 풍요로웠다.

현란한 기교를 선보인 드러머 임주찬, 피아니스트 민경인의 솜씨는 대단했고, 색소폰의 이인관, 기타리스트 찰리 정의 연주도 훌륭했다. 데이먼 브라운(Damon Brown)의 트럼펫도 일품이었다. 제1급의 가수와 어울리는 제1급의 악단이었다.

여승 생활을 했던 이력 때문인지 청중석에는 여승들도 보였다. 팬클럽 '옹사모' 회원들이 앞에 앉아 있다는데, 대중적 인기를 실감할 수 있었다. 공연 후 가수의 사인회에도 긴 줄이 늘어서 있었다.

■ 2018. 12. 9.

연하고 부드럽고 단정한
서울모테트합창단의 〈메시아〉

크리스마스 시즌이면 빼놓지 않고 하는 공연 행사 중에는 차이콥스키 발레 〈호두까기 인형〉, 베토벤 교향곡 9번 〈합창〉, 그리고 헨델의 성악곡 〈메시아〉가 있다. 헨델의 〈메시아〉는 국립합창단 공연도 있고 서울모테트합창단 공연도 있다. 국립합창단 공연은 주말이어서 나는 화요일의 서울모테트합창단 공연을 보러 갔다.

객석에는 교회 신자들인 듯한 사람들이 단체로 몰려와 모처럼의 문화적 행사에 잔뜩 점잔을 빼고 앉아 있다. 신앙심 돈독해 보이는 학생들도 있고 그 부모들도 있다. 이즈음은 음악 교육 전공한 사람들이 넘쳐나는 시대여서 대형 교회에서도 〈메시아〉 공연을 하는 곳이 있기도 하다. 아는 친구에게 함께 가자고 권했더니 자기 다니는 교회에서도 〈메시아〉 합창 공연을 한다고 한다. 글쎄, 그렇지만 그것과 이것이 같나, 하고 속으로 생각하면서 혼자 객석에 앉았다.

그리스도의 탄생과 수난, 죽음의 3부작으로 구성된 이 대작 오라토리오는 공연 시간이 세 시간에 가깝다. 합창은 곱고 단정했다. 무리 없는 자연스러운 발성과 정확하고 세밀한 노래 솜씨는 흠잡을 데 없다는 느낌을 주었다. 흠잡을 데 없다는 게 반드시 좋은 것일까라고 생각하게 하는 노래를 들은 셈이다. 특히 제1부는 합창과 솔로 모두 지나치게 연하고 부드럽고 아름답게만 노래한 것 같은 느낌을 받았다. 더 감정적으로, 더 뜨겁게, 더 인상적으로 노래할 수는 없었을까?

30년째 이 합창단을 이끌어온다는 지휘자 박치용은 노련했다. 능숙하고, 자신 있고, 완벽주의자다웠다. 지휘봉 없는 그의 손 움직임은 나비 같기도 하고 화살 같기도 했다. 너무 단정하고 정확하고 안정되어 있어서 오히려 불안하기까지 했다. 섬세하고 치밀하며 허물없다는 것은 장점일 수도 있고 문제점일 수도 있다.

솔리스트들도 다 나름대로 괜찮은 소리를 들려주었지만, 나는 특히 소프라노 오은경의 노래에 빠져들었다. 거침없는 맑은 음색과 기교적 세련미를 구사하는 노래 솜씨는 듣는 이의 마음 깊은 곳을 적셔주었다.

앙코르 곡으로 〈할렐루야〉를 합창단과 객석의 관중이 함께 부를 때는 오늘 공연이 음악회라기보다는 교회 행사 같다는 느낌을 주었다.

■ 2018. 12. 9.

형이상학적 행복감과 미학적 경탄
트리오 콘 브리오 코펜하겐

음악을 들으면서 "이렇게 행복해도 되나?", "이렇게 아름다울 수가 있나?" 하는 느낌을 받는 경우가 있다. 이런 형이상학적인 행복감과 미학적 경탄은 쉽게 경험할 수 있는 것이 아니다. 오래전 모스크바 방송교향악단의 시벨리우스의 바이올린 협주곡 연주를 들으면서 첫머리의 기막히게 애잔한 바이올린 선율의 음색에 매료되어 눈물이 핑 돌았던 기억이 있다. 오늘 저녁의 트리오 콘 브리오 코펜하겐(Trio Con Brio Copenhagen)이 베토벤의 피아노 3중주 〈대공〉을 연주할 때 나는 그와 비슷한 느낌을 받았다.

트리오 콘 브리오 코펜하겐은 덴마크 국립 심포니오케스트라의 악장을 맡고 있는 바이올리니스트 홍수진과 첼로 수석 홍수경 자매, 그리고 홍수진의 남편인 피아니스트 옌스 엘베케어의 음악 가족으로 구성된 3중주단이다. 과거 정명화, 정경화, 정명훈으로 이루어진 정 트리오가 음악 가족으로 구성된 3중주단으로 꽤 유명했었는데, 오늘 연주한 이 트리오도 대단한 음악 실력을 지녔다.

'콘 브리오(con brio, 활기차게)'라는 음악용어를 실내악단 명칭에 사용한 것에 걸맞게 이들의 연주는 활기차고 당당하고 박력 있었다. 정교하면서 막힘이 없고 유려하면서 에너지가 넘치는 연주였다. 스메타나와 하이든의 연주도 좋았지만, 베토벤의 피아노 3중주 〈대공〉을 연주한 이들의 솜씨는 당당하면서 정중했고, 대담하면서 우아했다. 지적인 절제와 다이내믹한 정서적 역동성이 조화된 소리를 들려주었다. 천상적인 고상한 음의 세계를 보여주기도 하고, 유머러스하고 자유로운 악기 간의 대화를 들려주기도 하고, 중후한 사색적인 명상의 세계로 안내하기도 하였다.

바이올린의 홍수진은 명쾌하고 깔끔하고 선명한 소리를 들려주었고, 첼로의 홍수경은 대담하고 중후하며 침착했다. 피아노의 옌스 엘베케어는 우아하면서 부드럽고 귀족적인 연주를 했다. 이런 잊지 못할 실내악 연주를 감상하는 일은 특별한 행운이다. 연주 장소도 콘서트홀이 아니라 IBK체임버홀이어서 좋았다. 실내악은 거기 어울리는 적당한 공간에서 연주해야 제맛이 나지 않는가.

오늘은 성남시에 있는 한국학중앙연구원에서 박사학위 논문 심사가 있던 날이었다. 끝내고 함께 저녁식사 하자는 일정을 포기하고, 퇴근 시간에 차 무지하게 밀리는 남태령 고개를 넘어 고생하며 차 몰고 온 보람이 있었다. 이런 흔치 않은 공연을 놓치지 않은 것을 다행으로 여긴다.

■ 2018. 12. 14.

맑고 향그럽고 정결한

파리나무십자가 소년합창단

파리나무십자가 소년합창단의 한국 공연이 올해로 47년째라 한다. 이 유명한 소년합창단은 창립된 지 벌써 백 년이 넘었다. 20세기초 프랑스의 사보이 근처 타미에 수도원에서 피정 중이던 두 신자 피에르 마르탱과 폴 베르티에가 종교음악의 아름다움을 널리 알리기로 결심하고 합창단을 만들기로 한 것이 계기가 되어, 소년합창단이 만들어지고 첫 공연을 한 것이 1907년이니까 이미 상당한 연륜을 지닌 셈이다.

거룩하고 위엄 있는 격조로 사람들을 압도하는 교회음악이 아니라 사랑스럽고 따뜻하며 맑고 정갈한 목소리를 들려주는 종교음악은 이 소년합창단의 장점이다. 그레고리안 성가나 중세음악 위주의 가톨릭 교회음악 레퍼토리에서 벗어나 유럽 근현대 작곡가들의 곡에서부터 대중적 호응을 받는 각국의 민요, 샹송, 팝송, 나아가 크로스오버 음악에 이르기까지 다채로운 색채를 더하여 오늘날 이 합창단은 세계 제1급의 위상을 차지하기에 이르렀다.

소년들의 노래는 깨끗하고 명징했다. 순수하고 정결한 느낌을 주었다. 나는 제2부의 크리스마스 캐럴이나 〈아베마리아〉 등의 노래를 특히 좋게 들었다. 이 소년합창단의 노래는 맑고 향그러우면서 적당한 정도의 절제와 긴장감이 균형을 이루고 있다. 흥이 넘칠 때도 지나치지 않는 선까지만 유지하는 절제감은 이 합창단의 자랑이다. 소년다운 음악적 순결성을 유지하는 자세, 넘치지도 부족하지도 않은 안정감과 균형감을 유지하는 자세가 이들의 노래가 지닌 품격의 비밀인 듯하다.

오래전 이 소년합창단의 한국 공연에 갔던 기억이 있긴 하지만, 나는 그때의 음악적 인상을 잊어버린 지 오래다, 오늘 공연은, 그러니까, 내게는 새로운 경험이었다.

간혹 음반으로 들을 때보다 현장 음악회에서 듣는 것이 오히려 불만스러울 때가 있는데, 오늘 저녁이 그랬다. 어딘가 음량이 부족하고 억제되어 있는 느낌은 무엇 때문일까. 아마도 무리하게 목을 쓰지 않으려는 자연스러운 발성과 소년다운 음색을 살리려는 의도와 관계 있어 보인다. 고성이나 무리한 발성을 내지 않으려는 편안한 자세는 이 합창단이 지향하는 휴머니즘의 철학과도 걸맞는 것 같았다.

■ 2018. 12. 19.

맑고 향그럽고 정결한

상상과 환상, 행복한 크리스마스
〈호두까기 인형〉

차이콥스키 음악의 발레 〈호두까기 인형〉은 해마다 크리스마스와 연말 시즌에 공연하여 매진을 기록해왔고, 우리나라 발레단의 연간 재정을 돕는 인기 있는 효자상품으로 이름이 나 있다. 해마다 반복되는 똑같은 공연에 물린 고급 관객에게서는 "새로움이 없다"든가, "지겹다"든가, "유치하다"든가 하는 혹평을 듣기도 하지만, 평소 발레 공연을 가까이하지 않던 관객층을 끌어들이고, 어린이에게 꿈을 주고, 환상의 아름다움을 펼쳐 보이는 정통 발레의 진수라는 점에서는 나름대로의 가치가 있다.

내가 발레 〈호두까기 인형〉을 본 것이 열 번 가까울 것이다. 그러니 금년 공연도 신선한 맛은 없다고 느낄밖에 없었을 것이다. 그러나 신선한 맛이 없다거나 상투적이라거나 하는 것이 꼭 흠이 되지는 않을 것 같다. 해마다 다른 관객이 들어오고, 해마다 다른 무용수가 춤을 추고, 해마다 다른 느낌을 기대하는 무대가 펼쳐지지 않는가. 무엇보다도 이 발레 공연은 어린이들을 위한 교육적 효용이 있다. 상상과 환상의 세계에 몰입하게 만드는 무대, 유토피아에 대한 긍정적 세계관, 직선과 원형, 가볍게 떠오르고 가라앉는 우아한 움직임을 중심으로 한 고전발레의 기본 동작을 실컷 감상하는 일은 두고두고 잊을 수 없는 기억으로 남을 것이다.

크리스마스 며칠 전에 본 국립발레단의 발레 〈호두까기 인형〉은 유리 그리고로비치(Yuri Grigorovich) 연출이었는데, 작년 공연의 복사판 같았다. 크리스마스 트리를 배경으로 하고 지난해 본 것과 같은 동작들이 반복되는 무대는 상투적이라 할 만했다. 그러나 여전히 기본 발레 동작들은 아름다웠고, 올해 처음 보는 관객들에게는 새로웠을 것이다. 발레리나들은 유명한 눈송이 왈츠 장면에서 쏟아지는 종이가루 눈송이를 맞으며 뛰어다니는 바람에 입으로, 코로 종이가루를 마셔대야 하고, 발레리노들은 커다란 쥐탈을 쓰고 무대를 뛰어다니다 보면 땀에 범벅이 된다고 한다.

주인공 마리 역을 아홉 명이나 되는 발레리나가 매일 바꾸어가면서 출연하는 식의 캐스팅에도 문제가 있다. 스페인, 중국, 인도, 러시아, 프랑스 인형으로 나오는 무용수들도 매일 다르고, 꽃의 왈츠나 눈송이 요정 등의 군무에 나오는 출연자 그룹도 매일 바뀐다. 말하자면 이런 공연은 전 단원 총출연 무대 같은 것인데 관객을 너무 무시하는 것 같은 생각도 든다.

그래도 〈호두까기 인형〉은 좋은 발레 작품이다. 고전발레다운 정통성을 보여주고, 환상의 아름다움을 보여주고, 행복한 크리스마스를 선사한다는 상식에 잘 부합한다. 공연이 끝나고 돌아오는 길엔,

내년에는 꼭 손녀딸을 데리고 오자고 아내와 이야기를 나누며 차가운 밤공기를 맞는다. 쌀쌀하지만 상쾌한 밤이었다.

■ 2018. 12. 21.

막힘없고 거침없고 절절한 소리
안숙선의 〈심청가〉

며칠 겨울철 독감에 시달렸다. 오싹오싹 열 나고 기침 심하게 하는 이번 독감은 병원에서 타미플루 처방받아 닷새간 먹고 나서야 겨우 가라앉았다. 혹한기의 찬바람 쏘이는 것은 아직 조심스러웠지만, 국립극장의 안숙선 〈심청가〉 공연을 보기 위해 집을 나섰다. 오래전에 티켓을 예매해두기도 했고, 명창 안숙선은 나이가 많아 완창 판소리 무대가 흔치 않을 것 같기도 하다는 생각에서였다.

명창 안숙선은 해마다 국립극장 송년 판소리 무대에 섰지만, 나는 그녀의 판소리를 본격적으로 감상할 기회가 없었다. 이번 안숙선 〈심청가〉는 '강산제(江山制)'라 하는데, 대원군이 박유전(朴裕全) 명창의 소리에 탄복하여 그대가 "천하제일강산(天下第一江山)"이라 하였다는 데서 유래했다는 설도 있고, 박유전 명창이 만년에 보성군 웅치면 강산리(江山里)에 살면서 서편제의 한 갈래를 개척하여, 정재근(鄭在根)에게 전한 이후 정응민(鄭應珉)과 정권진(鄭權鎭), 성창순(成昌順)

으로 이어졌다는 설도 있다. 강산제는 특히 처절하고 숙연한 '그늘진 목소리'로 주인공들의 갖가지 한을 표현한 판소리 기법으로 알려져 있다.

오늘 공연은 제목이 〈송년판소리 안숙선의 심청가 강산제〉라고 되어 있는데, 정작 안숙선은 휴식 시간 후 제2부의 후반에 나오고 나머지는 안숙선 제자들이 소리하는 무대였다. 국립창극단 단원인 김차경, 서정금을 비롯하여 박성희, 허정승 등 제자들의 소리도 나쁘진 않았지만, 그래도 이건 아닌데? 싶은 마음을 떨쳐버리기 어려웠다. '안숙선의 심청가'가 아니라 '안숙선 제자들의 심청가' 무대라고 광고했어야 옳다. 더욱이 오늘 안숙선 소리에서는 '심 봉사와 뺑덕 어미' 장면을 생략하였다. 심봉사 눈 뜨는 장면도 중요하지만, 그전에 심 봉사가 뺑덕 어미에게 휘둘리는 장면도 심청전에서는 중요한 대목인데 이걸 생략하니 아섭기 그지없었다. 쉬는 시간에 떡 나눠줄 생각 말고, 시간 오래 걸리고 힘들어도 소리를 제대로 들려주는 편이 낫지 않았을까?

안숙선의 소리는 명창답게 시원하고 대범했다. 성량도 출중하고, 소리도 미끄러지지 않고, 막힘이나 거침이 없다. 희로애락을 표현하는 솜씨가 절절하면서 진실했다. 오랜 시간은 아니었지만, 안숙선다운 소리를 들을 수 있었다는 것은 즐거움이었다.

이것으로 2018년 하반기의 내 관객일기를 마무리한다. 내년에는 무조건 공연 감상 횟수만 많이 늘릴 것이 아니라, 기억에 새길 만한 좋은 공연을 골라 찾아다니는 데 좀 더 신경을 써야겠다고 다짐한다.

■ 2018. 12. 27.

제3부

열정과 기쁨

감동도 아니고 실망도 아닌
빈 필하모닉 멤버 앙상블, 신년음악회

송년음악회니 신년음악회니 하는 것들은 본래 진지함이나 예술성과는 거리가 먼 행사들이다. 가볍고 흥겨운 레퍼토리를 중심으로 교양 있는 중산층의 문화적 기호를 충족시켜주면서, 악단으로서는 돈도 버는 고급의 예술적 이벤트라 할 수 있다. 그러나 굳이 송년음악회나 신년음악회를 기피한다는 것도 또 다른 속물주의일 수 있겠다는 생각에 빈 필하모닉 멤버 앙상블의 신년음악회를 찾았다. 더욱이 한겨울에는 괜찮은 연주회를 찾기가 쉽지 않기도 하기 때문이다.

오랜 역사를 지닌 빈 필하모닉 오케스트라는 카를 뵘(Karl Boehm)이나 헤르베르트 폰 카라얀(Herbert von Karajan) 등 전설적인 지휘자들과 여러 차례 협연한 기록을 지닌 세계 정상급 교향악단이다. 요한 슈트라우스의 왈츠곡을 중심으로 연주하는 이 오케스트라의 신년음악회는 해마다 유럽 사교계에서 높은 인기를 누려왔다. 이 오케스트라의 단원 열세 명이 만든 실내악단인 필하모닉 앙상블 비엔나(Phil-harmonic Ensemble Vienna)는 엄격한 연주법과 전통적인 음색을 들려준다고 정평이 나 있기도 하다.

나는 오늘 연주에서 별다른 감흥을 느끼지 못했다. 부드럽고 풍부한 사운드이긴 하지만, 그 이상 감성적 자극을 받진 못했다. 공연 소개에는 "이글거리는 직선성과 은빛 찬란한 음색, 찰나의 미학을 보여준 싱코페이션적인 왈츠 리듬과 엄격하게 통일된 사운드 밸런스" 등이 이들이 보여주는 음악적 특색이라고 나와 있다. 이런 홍보성 문장에 현혹되어 감상자의 주체적 판단을 잃는 일은 바람직한 일이 아니다. 강렬한 에너지와 선명한 색채감이 이들 연주의 장점이라는데 나는 그런 것을 실감하지 못했으니 아무래도 어딘가 부족한 청중인가 보다.

요한 슈트라우스 1세와 2세의 왈츠 곡들을 중심으로 하고 브람스의 〈헝가리 무곡〉이나 레하르의 〈금과 은의 왈츠〉 등을 끼워 넣은 프로그램 자체가 대중적 인기에 영합하는 상업주의적 속성을 지녔다. 19세기라면 몰라도 오늘날은 클래식 음악으로 대중적 인기를 끌어들이기는 애당초에 글러먹은 일이 아닌가. 대중적 인기는 팝송이나 하드록이나 뽕짝 음악에 넘겨주고 클래식 음악은 소수의 선택된 청중을 위한 고급 예술로 남아야 할 것이다. 그게 운명이다. 클래식 음악을 하면서 대중에 영합하고 돈도 벌면서 고급 문화의 영역에 남아 있기를 바란다면 자가당착에 빠진다.

어쨌든 짤막짤막한 홍겨운 음악을 편안히 들으면서 두어 시간 가볍게 보낸 저녁이었다. 함께 간 아내도 비슷한 느낌이었던가 보다.

연주회가 끝난 후 보여주는 표정은 감동에 젖은 표정도 아니고 실망
스러운 표정도 아니다. 신년음악회라는 행사는 원래 그런 것이다.

■ 2019. 1. 4.

풍자의 방식, 떠들고 웃기고 노래하고 춤추며

〈춘풍이 온다〉

새해를 맞아 마당놀이 〈춘풍이 온다〉 공연을 고등학교 동창 세 부부가 함께 관람하기로 하였다. 남산에 있는 국립극장은 접근성이 불편하다. 더욱이 이즈음은 해오름극장과 주차장 리노베이션 공사를 하고 있어 셔틀버스 아니면 불편이 가중된다. 여기 자주 다니는 내가 가이드 역할을 담당했다. 친구들을 이끌고 교통 안내하고, 경로우대 입장권을 사고, 객석을 안내하고, 끝나면 장충동 골목에 가서 족발이나 추어탕을 먹기로 일정을 짰다.

일행 모두 무대석에 자리 잡았다. 무대석이란 무대 뒤쪽에 임시로 만든 좌석이다. 가운데 있는 무대를 앞뒤에서 볼 수 있도록 마련된 객석인데, 임시로 만든 자리니 등받이가 불편했다.

지난 30년이나 계속되던 마당놀이판은 극단 '미추'에서 주도하였는데, 지금은 국립극장에서 이어받아 계속하고 있다. 〈허생전〉이니 〈별주부전〉 혹은 〈놀보전〉 등의 마당놀이는 활발하고 자유로운 해학과 통쾌한 풍자와 신나는 춤과 노래가 어우러진 한바탕 잔치마당이었다. 세월이 많이 지나 출연자도 세대 교체가 되었다. 단골 여주인공이었던 김성녀는 연희감독으로 자리를 옮겼고, 최호성(꼭두쇠), 이광복(춘풍), 서정금(오목), 김미진(김씨), 홍승희(추월) 등의 젊은 연희자들이 무대를 휘젓는다.

조선 말기의 인기 있던 세태소설 「이춘풍전」은 자본주의 사회의 성장 배경 아래 경제력을 중심으로 변화하는 여성의 의식과 역할을 그린 것이며, 허랑방탕한 남편 이춘풍의 개과천선 과정을 그린 것이다. 이춘풍이 이 진사의 아들로 나온다든지, 춘풍 모 김 씨가 자기 몸종 오목이를 며느리 삼는다든지 하는 설정은 원작소설과 다른 점이지만, 이 극에서는, 이것보다 곳곳에 자주 등장하는 현 시대의 세태 풍자 대사들이 더 눈길을 끈다. 화끈하고 통쾌한 여성의 역할을 부각하면서, 복수극이라기보다는 희화화된 주인공을 놀려먹는 희극으로 마무리 한 점도 재미있었다.

마당놀이란 원래 시끌벅적하게 노래하고, 재담하고, 춤추고, 물건도 팔고, 제멋대로 돌아다니고 하는 시골 장터의 난장 무대가 아닌가? 오늘 공연도 정신없이 떠들고, 웃기고, 풍자하면서, 노래하고 춤추는 무대가 펼쳐졌다. 연희자들은 대사 전달이나 노래 솜씨나 춤 동작 모두를 숙달되고 씩씩하고 활달하게 펼쳐나갔다. 다만 너무 비좁은 무대에서 부딪칠 듯 아슬아슬하게 비껴나가는 춤 동작들은 보기에 불안하고 불편했다. 군대 제식훈련하듯 착착 맞아떨어지는 움직임도 부자연스러워 보였다. 이런 극은 이렇게 펼쳐 보여야만 한다는 공식에 맞춘 것 같은 느낌이 들었다.

연출가 손진책은 진지한 연극이거나 마당놀이거나 각각의 장르적 특성에 충실하게 극을 만들 줄 아는 사람이다. 지난가을 그가 연출한 〈돼지우리〉 공연을 보고 좋은 안상을 받았던 나는 이번 공연을 보면서 또 다른 인상을 받았다. 같은 연출자가 상반된 색깔의 무대를 완성도 높게 만들어내기란 쉬운 일이 아닐 터이다.

공연이 끝난 후, 우리 일행은 장충동 골목에서 저녁식사를 하면서 여긴 옛날에 개천이 흘렀고 저쪽의 경동교회는 옛날 그대로고 하는 식의 추억담을 나누었다. 반세기 넘는 역사를 자랑하는 태극당 빵집에 들러 커피 마시고 빵 사가지고 귀가하면서 우리들은 우리 세대가 누릴 즐거운 시간이 얼마 남지 않았음을 실감한다.

■ 2019. 1. 5.

마크 로스코, 진지하고 열정적이며 철학적인
〈레드〉

연극 〈레드〉는 20세기 추상표현주의 화가 마크 로스코(Mark Roth-ko)의 예술관을 소재로 한 드라마다. 마크 로스코는 잭슨 폴록과 함께 20세기 미국 추상표현주의 미술을 대표하는 화가인데, 둘은 서로 대비되는 예술적 인생을 살았던 화가다. 잭슨 폴록이 액션 페인팅 기법으로 캔버스에 물감을 마구 뿌려대고 미친 듯이 격렬한 삶을 살았던 예술가임에 비해, 마크 로스코는 인문학적 지식과 명상적 사색을 바탕으로 이성적이고 지성적인 삶을 살았던 예술가다.

4년 전 예술의 전당 한가람미술관의 마크 로스코 전시회에서 깊은 인상을 받았던 나는 그의 붉은 단색화 그림 복사판을 사서 지금껏 내 책상머리에 걸어놓고 있다. 아무런 형태도 없는 단색화의 붉은색은 특별한 기운을 지니고 있다. 생의 에너지의 긍정적 힘과, 생의 비극성이 다가오리라는 절망적 예감이 공존하는 이 그림의 색감은 상징적이면서 초월적이다. 그의 색면단색화의 초월적 느낌은 형언하기 어려운 신성성의 경지에 근접해 있기도 하다. 그리고 재작년, 나는 배우 강신일이 주역을 맡은 극단 신시컴퍼니의 연극 〈레드〉를 보고 참으로 지적이고 감동적인 연극이라고 내심 높은 점수를 매겨두었었는데, 연초에 이 공연을 다시 한다니 만사 젖혀놓고 보러 갔다.

마크 로스코와 가상의 조수 켄이 등장하는 2인극인 이 연극은 강신일, 김도빈과 정보석, 박정복으로 짝을 이룬 더블 캐스팅인데, 나는 지난번 강신일의 연기에 매료된 바 있었으므로 다시 한번 그의 연기를 보러 가기로 하였다. 마크 로스코 역의 강신일은 좋은 배우다. 발성은 정확하고 연기는 호소력이 있다. 과하지 않은 액션과 처지지 않은 무대 분위기를 만들어가는 그의 연기는 일정한 수준의 지적 절제를 지녔다. 켄 역의 김도빈도 극의 흐름을 잘 이해하고 메시지의 중량감을 살리는 데 기여하는 적절한 상대역이다.

뉴욕 시그램 빌딩의 포시즌스 레스토랑 벽화 제작을 의뢰받고 40여 점의 연작을 그리다가 갑자기 계약을 파기한 사건에 대한 이야기인 이 연극은, 로스코와 그의 조수 켄의 격렬한 논쟁을 통하여 예술, 철학, 종교 등에 대한 견해와 세대 간 갈등 문제를 정면으로 다루고 있다. 단순히 현학적인 지식의 유희가 아니라, 지적 통찰력을 바탕으로 한 예술가의 세계관과 사상적 견해에 대한 고백과 논쟁과 토론의 무대인 점에서 이 연극은 차원 높은 지적 메시지를 전해준다.

서구 문명과 예술의 전개를 아폴론적인 것과 디오니소스적인 것의 대립으로 파악한 니체의 『비극의 탄생』에 대해 토론하는 로스코와 켄의 대화는 이 극의 핵심 주제가 된다. 로스코는 자기를 아폴론적인 인물의 전형으로, 잭슨 폴록을 디오니소스적인 인물의 전형으로 내세우면서 그 둘 사이의 긴장 관계를 강조한다. 아울러 "아들은 아버지를 몰아내야 해. 존경하지만 살해해야 하는 거야."라는 로스코의 말로 드러나듯, 세대 간의 충돌과 교체에 대한 의견을 나누는 부분도 중요한 주제다. 신구 세대의 가치관의 충돌은 이 극에서 또 하나의 논쟁거리가 된다. 변화에의 의지는 화가 로스코의 절대적 가치관이면서 새로운 세대가 치고 올라오는 것에 대한 저항은 모순된 감정적 모습이기도 하다.

극중에는 로스코와 그의 조수 켄이 큰 캔버스에 붉은 물감을 칠하는 장면이 나온다. 단순히 화폭에 붉은 칠을 할 따름인데 그들의 작업은 진지하고 열정적이며 철학적이다. 속에서부터 색이 배어나오도록 여러 번 칠한 그의 색면추상화는 사색적이며 시적이며 종교적이다. 로스코는 붉은색과 검은색의 매력, 혹은 마력(魔力)에 대해 이야기한다. 실제로 이러한 두텁고 깊은 색감은 그 자체로 묵상과 몰입을 가능케 하며, 영적 치유의 수단이 될 수 있다. 마크 로스코의 "복잡한 사고의 단순한 표현"이라는 말은 음미할 만한 가치가 있다.

공연이 끝나고 예술의전당 자유소극장 문을 빠져나오면서 나는 지금 본 것이 연극이었는지 전람회였는지 잠시 혼란에 빠진다.

■ 2019. 1. 11.

파블로 네루다, 창극 속의 문학

〈시〉

겨울, 특히 1월에는 볼 만한 공연이 적은 편이다. 동절기는 본래 공연예술 쪽의 비수기이기도 하기 때문이고, 극장 측으로서도 무대나 시설을 수리하고 정비하는 시간이 필요하기 때문이다. 마땅한 공연도 없고, 특별한 여행 계획도 없이 빈둥거리던 1월 어느 날, 국립극장 공연 프로그램을 뒤적이다가 '신창극 시리즈' 중 하나인 박지혜 연출의 신창극 〈시〉가 눈에 띄었다. 칠레의 시인 파블로 네루다의 시를 창(唱)으로 노래하는 소리꾼 둘과 배우 둘이 펼치는 퍼포먼스라 소개되어 있어, 흥미를 돋우었다.

다만 공연 제목이 〈시〉인 것은 눈에 거슬렸다. 마치 '음악'이라는 제목이나 '무용'이라는 제목처럼 너무 포괄적이고 막연해서 구체적 이미지가 떠오르지 않았다. 여러 해 전에 〈시〉라는 제목의 영화가 있었는데, 그것도 영화 제목으로 마땅치 않다는 불만을 가졌었다.

이 퍼포먼스의 기획 의도는 드라마의 캐릭터 속에 갇혀 있는 배우들의 감정을 해방시켜 자유로운 공동 창작물을 선보인다는 것이겠는데, 선정된 시가 지니고 있는 정서적 색채를 명확하고 인상적으로 전달했다는 느낌을 받지는 못했다. 신선하고 의욕적인 의도의 공연이었지만 감동적이거나 인상적인 무대를 보여주지는 못했다. 또 창극이라는 장르 안에 자리한다면 마땅히 극적 구성이 있어야 하고, 극적 구성이 없다면 창극의 범주에 속하지 않을 것이다. 극본도 없고 역할도 없으니 배우들에게 무제한의 자유가 주어지는데, 단순한 시 낭송이 아니므로 일정한 주제나 분명한 메시지를 중심으로 묶여지는 응집력이 있어야 할 것이다.

유태평양과 장서윤은 판소리 소리꾼이고 양종욱과 양조아는 연극배우들인데 이들이 펼치는 네루다 시의 음성적 전달력도 일관된 흐름이 있었으면 좋았겠다. 현실성과 몽환성이 앙상블을 이루고 감각과 표현이 한 방향으로 전개되는 퍼포먼스, 어조와 억양, 리듬과 강세가 공동의 강조점을 향해 집중되는 퍼포먼스였으면 좋았겠다.

파블로 네루다는 훌륭한 시인이다. "강은 그치지 않는 슬픔을 바다와 섞는다."(「절망의 노래」)라든지, "그리고 문득 나는 보았어……구멍 뚫린 어둠,/화살과 불과 꽃들로/들쑤셔진 어둠,/소용돌이치는 밤,"(「시」)과 같은 시 구절들은 낭송의 효과가 극대화될 수 있는 은유의 언어로 되어 있다. 이 훌륭한 시인의 시를 선정한 연출자의 안목은 일정한 수준을 지녔다. 다만 음성적 전달이 분명치 않은 장면들이 있어 조금 갑갑했다.

15년 전 미국 오하이오주의 볼링그린 대학에 한국어교육 담당교수로 가 있을 때, 나는 미시간대학이 있는 미시간주 앤아버의 극장에서 '문학과 실내악의 만남'을 주제로 한 퍼포먼스를 관람한 적이 있다. 시와 그림, 음악을 함께 한 현대적 종합예술 퍼포먼스 무대였는데, 오하이오주 톨레도에 살던 마종기 시인과 함께 감상한 것은 〈처형의 책을 위한 비문〉이라는 다소 기괴한 제목의 공연이었다. 보들레르의 시집 『악의 꽃』의 시들을 불어로 낭송하고 들라크루아의 그림을 화면에 비춰주면서 쇼팽의 피아노곡들을 연주하는 공연이었다. 침침하고 우울한 천재 보들레르의 언어가 빚어내는 숨 막히는 갑갑함은 들라크루아 그림의 기괴함과 공포에 어울렸다.

　돌아오는 길에 나는 오늘 본 공연이 문학을 연극적으로 연출한 것인지 연극 속에 문학을 심어놓은 것인지 헷갈리는 기분이 들었다.

■ 2019. 1. 25.

운명에 대한 진지한 탐구
〈오이디푸스〉

고대 그리스 3대 비극 중 하나인 소포클레스 원작 〈오이디푸스〉를 오늘의 연극으로 공연해서 제대로 표현하기란 쉬운 일이 아니다. 황정민 주연의 연극 〈오이디푸스〉는 유명한 서양 고전을 오늘날의 우리 현대극으로 제대로 표현해내기가 얼마나 어려운지를 실감케 하는 무대였다.

테베 왕국의 왕자로 태어났으나, 아버지를 살해하고 어머니와 결혼할 것이라는 저주의 신탁을 받은 오이디푸스는 산에 버려졌으나, 양치기의 도움으로 목숨을 건져 코린토스 왕의 양자로 길러진다. 장성한 오이디푸스는 우연히 스핑크스로부터 위협을 받던 테베를 구해 왕으로 추대되고, 왕비 이오카스테와 결혼한다. 세월이 흘러 테베는 전염병과 가뭄으로 인해 고난을 겪게 되고 이 모든 재앙의 원인이 선왕 라이오스의 죽음에 얽혀 있음을 알게 되자 그를 살해한 범인을 찾아내려 눈먼 예언자 테레시아스를 찾는다.

연극은 여기서부터 시작된다. 예언자의 이야기를 근거로 증인들을 찾아 자신의 운명을 더듬어 확인하는 오이디푸스의 행동은 비극의 주인공답게 영웅적이고 처절하다.

오이디푸스 왕이 저주받은 운명에 의해 자신의 아버지를 살해하고 어머니와 결혼한 사실을 알게 되고, 스스로 눈을 찔러 장님이 되어 정처 없이 먼 길을 떠나는 것으로 끝나는 이 이야기는 서양 고전 문학을 공부한 사람에게는 상식에 속한다. 더욱이 프로이트에 의해 오이디푸스 콤플렉스라는 용어가 널리 쓰이게 된 이래 오이디푸스 왕의 근친상간 신화는 현대 심리학과 문학, 예술에 지대한 영향을 미쳤다.

예술의전당 토월극장은 연극 전용관으로는 조금 큰 편이어서 대사 전달의 어려움이 느껴졌다. 그럼에도 불구하고 오이디푸스 역의 황정민뿐 아니라 오이디푸스의 어머니 이오카스테 역으로 열연한 배혜선과 눈먼 예언자 역의 정은혜까지 연기자들의 열정과 상황 몰입은 진지하고 격렬하였다.

다소 과장되고, 지나치게 긴장되고, 교과서적이라 할 수 있는 연기 패턴이지만, 에너지가 넘치고 진실하고 적극적인 태도는 긍정적이었다. 인간 존재의 숙명적 슬픔과 불안을 바탕으로 그 속에서 펼쳐지는 진지한 탐구적 자세는 진실을 외면하지 않고 비극을 직시하게 하는 원동력이 된다.

다만 오이디푸스 역의 주인공에게 지나치게 의존한 점 때문에 다른 연기자들의 비중이 상대적으로 약화된 것은 불만이었다. 주인공 오이디푸스는 지나치게 과장된 연기도 문제였지만, 의상도 눈에 거슬렸다. 흰 평상복에 검은 가운을 걸쳤는데 이게 왕의 의상답다고 느껴지지는 않았다. 상징적인 것도 아니고 정통 고전적인 것도 아닌 무성의한 의상이라고 느껴졌다. 나는 개막 사흘 후에 관람하러 갔었는데 아직 프로그램 북도 나와 있지 않았다. 이것도 준비 부족이거나 성의 부족한 태도가 아닌가 여겨졌다.

극중에는 햇불을 들고 등장하는 장면이 있다. 10여 년 전 예술의전당 오페라극장에서 난 화재 사건을 기억한다면 무대 위에서 불을 사용하는 일에는 극도로 조심해야 할 것이다. 그때 오페라 〈라보엠〉 공연 중 1막에 난로에 불 붙이는 장면에서 실제로 불을 사용하다가 불길이 무대 커튼 막에 옮겨 붙어 화재 사고가 난 것이었다. 불길뿐 아니라 연기와 정전 등 화재 발생 시 예견되는 위험 요소가 산적해 있으므로 무대 위에서 실제로 불을 사용하는 일은 절대 삼가야 할 것이다.

이 연극은 연극을 보는 동안 불편하고 불안하고 괴로웠지만, 연극을 본 후 어딘가 후련하고 개운한 기분을 느끼게 한다. 적어도 공연이 끝난 후까지 비극적이고 절망적인 기분이 연장되지는 않는다. 아리스토텔레스의 카타르시스 이론이 일리 있다는 생각을 하면서 나는 한겨울의 남부순환로를 걸어 집으로 향하는 버스를 탄다.

■ 2019. 2. 1.

운명에 대한 진지한 탐구

대취타, 연화춤, 학춤

〈돈(豚)타령〉

구정 당일과 다음 날, 국립국악원 예악당에서는 〈돈(豚)타령〉 공연이 있고, 남산 국립극장 하늘극장에서는 국립무용단의 〈설·바람〉 공연이 있다. 설맞이 국악 공연을 제대로 즐기기 위해 나는 이 두 가지 공연을 아내와 함께 보러 가기로 한다.

국립국악원 매표 시스템은 여전히 답답하다. 인터넷이 아닌 전화 예매로는 카드 결제가 안 되니 문자로 보내주는 은행계좌로 입장료를 입금하라는 것이다. 이런 식으로 운영한다면 정통 국악 공연을 사랑하고 좋아하는 관객층을 끌어모으기 어렵지 않겠나? 공연과 서비스에 대한 만족도 설문조사를 할 것이 아니라 이런 전근대적 시스템부터 개선해야 할 것이다.

극장 앞에는 공연 전부터 아이들을 동반한 가족 단위의 일행들과 외국인 관객까지 모여 웅성거린다. 들뜬 기분이 설 명절답다. 예악당 로비에서는 '연희집단 The 광대' 멤버들이 사자춤 추고 길놀이하며 북적거리며 흥을 돋운다. 무리를 이끄는 상쇠 얼굴이 낯익어서 가만히 생각해보니 지난해 추석 청파동 국립극장 야외무대에서 농악놀이하고 버나 돌리며 한판 잘 놀던 사람과 그 일행이었다. 이 방면에 대표적인 그룹이겠거니 하는 반가운 생각에 그들과 장단을 맞춘다.

국립국악원 정악단이 연주한 대취타의 웅장하고 장쾌한 소리를 들은 것만으로도 오늘 여기 온 본전은 뽑은 셈이다. 커다란 소라로 만든 나각과 긴 나발의 음색은 당당하고 장엄하며 위풍이 있다. 날카로운 고음과 넉넉한 저음의 폭넓은 음역은 독특하고 자유롭고 힘찬 기상이 넘친다.

학춤, 연화춤, 처용무를 합쳐 구성한 두 번째 무대는 우아하고 고상하고 신비로운 기운을 전한다. 신성함과 장수를 기원하는 학춤과 연화춤, 그리고 한 해의 사악한 기운을 쫓아내는 처용무를 감상하는 것도 흔한 기회가 아니어서 즐거웠다. 오늘 학춤은 여성 무용수가 춘 것 같았다. 학 탈의 앞가슴이 불룩한 것이 조금 부자연스러웠다.

국립국악원 민속악단의 풍류굿 시나위와 성주 굿놀이도 재미있었다. 피리, 대금, 아쟁, 가야금, 거문고, 장구, 징 등 민속악기들을 모두 동원하여 흥겹고 자유롭고 거침없는 가락과 장단을 들려주는 풍류굿 시나위는 즉흥성과 조화로움이 잘 어울린 한바탕이었다. 한 해의 재난과 액을 물리치고 행복과 운을 비는 성주굿은 신명과 흥이 넘친 무대였다.

제2부의 국악관현악단의 창작곡 연주에 대해서 나는 어느 정도 아쉬움과 불만을 지니고 있다. 전통의 현대화라든가 국악의 새로운 창작에 대해서 내가 비교적 보수적인 생각을 가지고 있기 때문일 것

대취타, 연화춤, 학춤

이다. 나는 국악의 국악다운 본질을 해치면서까지 새로움을 추구하는 것에는 동의하지 않는다. 국악관현악단이 국악기로 세계 민요 메들리를 연주할 때 나는 내심 그런 생각에 젖어 있었다.

■ 2019. 2. 5.

전통무용, 이 길로 가야 하나?

〈설 · 바람〉

설 명절 다음날 국립무용단의 〈설 · 바람〉 공연은 전날 본 국립국악원 공연과는 아주 다른 분위기였다. 어린이를 동반한 가족 단위의 관객이나 외국인은 찾아볼 수 없고, 무용이나 공연 쪽에 관심을 가진 젊은 관객층이 중심이었다. 좀 더 조용하고 진지하지만, 흥겹다기보다는 학구적인 태도와 관심이 눈에 띄었다. 명절 기획 시리즈이긴 하지만 창작무용 위주의 국악 무대이기 때문일 것이다.

〈미인도〉니 〈한량무〉니 하는 춤들은 전형적인 우리 고전무용의 춤사위에서 온 창작물이었다. 〈미인도〉는 유려하고 세련된 가야금 음색을 배경으로 우아하고 기품 있는 여성 무용수의 움직임이 인상적이면서 고전적이었다. 〈한량무〉는 선비의 기품과 한량의 자유로운 멋을 표현하려 힘쓴 춤이었다. 거문고의 든든한 선율이 바탕이 되고 아쟁과 장구 소리가 더해진 리듬 위에 고고한 귀족적인 품격을 드러낸 남성적 춤사위는 한편으로는 멋스럽고 한편으로는 힘찼다.

작은 방울을 손끝에 달아 잔잔히 방울 소리 울리는 〈당당(噹噹)〉은 독특한 발상의 창작무용이었다. 고전무용이나 민속무용다운 느낌을 주면서도 새롭고 독창적인 형태의 음악과 춤을 보여주었다. 잔잔한 에너지를 느끼게 하는 재미있는 춤이었다. 다만 나는 이런 식의 창작물이 국악이나 전통무용의 현대화가 나갈 바른 방향인지에 대해서는 판단이 서질 않는다. 흥미롭기는 하지만 한국적 미의식의 본질을 살린 것인지에 대해서는 잘 모르겠다는 생각이 든다.

마지막 프로의, 각종 북을 모아 정신없이 두드리는 〈북의 시나위〉를 듣고 보면서 나는 이런 생각에 더욱 빠져들었다. 큰북, 작은북, 장고, 승전고 등 여러 타악기들을 빠르고 힘차게 두들겨대는 리듬감은 다이내믹하고 흥겹기는 하지만, 이게 정말 우리 전통의 것일까라는 회의를 지울 수 없었다. 나는 무용이나 음악 평론가도 아니고 국악이나 한국무용 전문가도 아니니 이런 생각을 드러내놓고 남들에게 떠벌일 자신은 없다. 그래도 국악이나 한국무용의 현대화란 한국적 미의식의 본질을 바탕으로 해야 할 것이라는 생각에는 변함이 없다. 이 분야에 종사하는 전문가들이라면 국적 불명의 창작물이 되지 않도록 신경 써야 할 것이다.

■ 2019. 2. 6.

영화 속의 허구. 어디까지 용인되어야 하나?

〈말모이〉

해방 후 1947년 첫 권을 펴낸 『큰 사전』은 총 16만 개의 표제어를 수록한 우리나라 최초의 대사전이다. 1929년 조선어사전편찬회가 결성되면서 시작된 사전 편찬 사업이 조선어학회사건(1942년)이 일어나면서 무산되었으나, 1945년 9월 경성역장이 조선통운 상자에서 원고 일부를 발견한 것을 계기로 사전 편찬 작업이 재개되었고, 그 결과 1957년 조선어학회를 이어받은 한글학회에서 『큰 사전』이라는 이름의 우리말 사전을 완간한 것이었다.

이 『큰 사전』 발간에 얽힌 에피소드를 바탕으로 픽션을 가미하여 스토리를 엮어간 영화 〈말모이〉는 조선어학회가 독립운동 단체인 것처럼 묘사하고, 국어사전 편찬하는 일이 각 지방 언어를 모아 그중 적당한 말을 공청회를 통해 골라 표준어로 삼은 것처럼 이야기를 전개하였다. 조선어학회 사건에 연루된 학자들에 대한 조명이 없이 조선어사전이 뜻 있는 한두 사람의 노력으로 이루어진 것처럼 스토리를 엮어갔다. 이러한 스토리의 상당 부분은 역사적 사실에 부합하지 않는다.

영화의 스토리는 픽션이니까 역사적 사실에 어느 정도 어긋나는 부분이 있더라도 용인될 수 있기는 하지만, 영화의 내용을 역사적 사실 자체로 받아들이는 청소년들이 있을 것 같아 염려된다. 나는 국어학이 아닌 국문학 전공자지만, 국어국문학과 교수로 평생을 살았으니 영화 〈말모이〉가 왜곡한 국어사전 편찬 경위에 대해 일말의 걱정스러운 마음이 든다.

1921년에 결성된 조선어연구회는 국어학자 주시경의 문하생이었던 최두선, 임경재, 권덕규, 장지영 등이 모여 국어의 연구와 발전을 위해 창립한 학술단체였다. 이 단체가 1931년 조선어학회로 명칭을 바꾸었고, 후에 한글학회가 되었다.

1942년 일제는 조선어사전 편찬은 장래 조선 독립을 목적으로 하는 것이며, 한글을 연구 보급하는 것은 조선 문화를 향상하고 민중에게 민족의식을 높여 조선 독립을 꾀하자는 것이라 하여 학회 간부들을 체포, 구금했다. 이것이 조선어학회사건이다. 이윤재, 정인승, 김윤경, 최현배, 이희승, 장지영 등 주요 인사들이 구금되어 치안유지법의 내란죄로 기소되어 고문당하고 징역을 살았다. 그 가운데 이윤재 등은 감옥에서 해방을 보지 못하고 운명하였다.

우리말 사전은 영화에서처럼 민족주의 사상을 지닌 학자 한 사람과 노동자 한 사람의 노력으로 만들 수 있는 것이 아니다. 조선어학회 사건을 다루려면 다수의 중요한 국어 연구자들의 학문적 노고에 대해 조명했어야 한다.

그럼에도 불구하고 이 영화는 대중적 호소력을 바탕으로 메시지의 중량감과 전달력이 돋보인 잘 만든 영화라 할 수 있다. 웃음과 위트가 있고, 해학과 인간미가 있으며, 민족정신과 독립투쟁을 바탕으로 한 사상과 행동의 양면성이 갖추어져 있다. 김판수 역의 유해진과 류정환 역의 윤계상은 좋은 연기자였다. 극의 스토리를 이끌고 가는 데 무리가 없으면서 팽팽한 긴장과 적당한 탄력을 유지하였다.

이만큼 비중 있는 주제를 담은 영화로서 대중적 인기도 끌어 상업적 흥행에도 성공하기란 쉬운 일이 아닐 터이다. 그런 점에서 이 영화가 지닌 허구성이 상당 부분 용인될 여지가 있기는 하다.

대학 시절, 조선어학회 사건으로 옥고를 치른 경력이 있는 이희승 선생을 모시고 공부한 기억이 있는 나는 이 영화가 우리 국어학 연구 초창기의 탁월한 학자들을 중심으로 스토리를 구성했으면 더 좋았겠다는 생각을 해본다. 전형적인 남산골 샌님 스타일인 이희승 선생은 밥 한 숟갈을 80번씩 씹어 삼키는 것이 감옥에서 건강을 유지한 비결이라는 말씀을 하신 적이 있다. 영화를 보고 나오면서 나는 단단하면서 침착하고, 온유하면서 강인한 이희승 선생의 모습을 떠올렸다. 전형적인 외유내강형의 선생님은 연구와 교육에서 한 치의 흐트러짐도 없었던 조선시대 선비의 모습 그대로였다.

■ 2019. 2. 9.

열정만 아니라 기쁨을 지닌 음악가

〈이차크의 행복한 바이올린〉

　　이스라엘 출신의 바이올리니스트 이츠하크 펄먼(Itzhak Perlman)의 일대기를 그린 다큐멘터리 영화 〈이차크의 행복한 바이올린〉의 원제목은 〈이차크(Itzhak)〉다. 제목에 '행복한 바이올린'이라는 군더더기가 붙은 것이 눈에 거슬렸지만 20세기의 대표적 기악 연주자 가운데 하나였던 그의 전기를 다룬 영화니 관심이 갔다. 예술영화 전용관에서도 손님이 적어 하루에 한 번밖에 상영하지 않는 극장에는 관객이 대여섯 명밖에 없었다.

　　어렸을 때 소아마비를 앓아 다리를 저는 이츠하크 펄먼은 이 다큐멘터리를 찍을 때 이미 늙은이가 되어 있었다. 1945년생이니까 나와 동갑이다. 이 기념할 만한 예술가는 어려서부터 천재적 연주 솜씨를 지녀 촉망받았다. 그러나 "연주는 잘하지만 장애인이 아닌가?"라는 말을 들으며 음악가로서의 성공을 기대하지 않는 분위기에서 자랐다.

미국으로 이민하여 줄리어드 음악학교를 졸업하고 카네기홀에서 데뷔한 이래 각종 콩쿠르에서 우승하면서 그의 음악 인생은 탄탄대로를 걸었다. 백악관 연주, 엘리자베스 여왕 초청 연주 등은 그의 화려한 음악 이력에서 작은 장식품이기도 했다. 그는 정통 클래식 음악 연주자이면서 재즈나 영화음악 등 대중적 장르애도 손대어 성공을 거두었다. 영화 〈쉰들러 리스트〉나 〈게이샤의 추억〉에 관여하여 그래미상 등을 수상한 것은 널리 알려져 있다.

나는 오래전 바이올리니스트 이츠하크 펄먼이 피아니스트 블라디미르 아슈케나지, 첼리스트 린 하렐과 함께 베토벤 피아노 3중주를 연주한 음반을 감상하고 깊은 행복감에 빠졌던 기억이 있다. 아마도 이 영화의 제목에 붙은 '행복한 바이올린'이라는 말은 연주자가 아니라 그의 연주를 감상하는 청중의 몫이라는 편이 어울릴 듯하다.

이츠하크 펄먼의 음악은 정확하고 섬세하고 따뜻하다. 단순한 비르투오소가 아닌 진정한 대가다운 깊이를 지닌 소리를 들려준다. 지난 2015년 가을, 이츠하크 펄만 내한 공연 때 나는 다른 일정이 있어 그의 연주를 감상하지 못한 것이 못내 아쉬웠다. 오늘 영화는 그 보상이라는 기분이 들었다.

그는 열정뿐만 아니라 기쁨을 가지고 음악을 연주한다는 내레이터의 말이 잊히지 않는다. 그는 음악으로 기도하는 사람이기도 했다. 아우슈비츠를 방문할 때 바이올린을 가지고 갔다. 유대인다웠다.

파편적이기는 하지만 영화 속에서 이 위대한 연주자의 바이올린 연주를 들을 수 있었던 것은 즐거움이었다. 그의 음악은 섬세하고 따뜻했다. 아울러 잠깐씩 얼굴을 비친 피아니스트들(젊은 예프게니 키신이 나 늙은 마르타 아르헤리치 등)의 모습도 잊을 수 없다.

■ 2019. 2. 11.

잔잔하고 먹먹하고 따뜻한 감동
〈시인할매〉

여기저기서 시인이라는 이름 붙인 사람들이 돌아다니고, '시'라는 제목을 붙인 공연물들도 흔한 세태여서 영화 〈시인할매〉를 보러 가면서 별 기대를 하지는 않았다. 그래도 엊그제 본 이츠하크 펄먼 전기의 다큐멘터리 영화가 기억에 남아 있으므로, 오늘은 우리나라 다큐멘터리 영화를 한 편 보겠다고 마음먹고 영화관을 찾았다.

영화를 보면서 잔잔하고 먹먹하고 따뜻한 감동이 밀려왔다. 언젠가 보았던 다큐멘터리 영화 〈워낭소리〉와 비슷한 정서적 울림을 주는 영화였다. 〈워낭소리〉가 인간과 동물과의 연대감과 사랑을 다룬 영화임에 비하여 〈시인할매〉는 무식한 시골 할머니들이 한글을 깨쳐 속에 맺힌 이야기를 풀어내는 휴머니즘 영화였다.

글을 모르는 전라도 곡성의 시골 할머니들이 이 영화의 주인공들이다. 학교 문턱에는 가보지도 못한 채 평생을 까막눈으로 살아야 했던 할머니들이 마을 도서관에 모여 한글을 배우게 되면서 서툴지만 소박한 아름다움을 지닌 시를 써내는 모습을 담아냈다.

손주가 학교에 갔다 와 숙제하는데 무얼 물으면 글을 몰라 애비 올 때까지 기다리라 할 때 마음이 아팠다든지, 이제 한글을 쓸 줄 알게 되었으니 하늘나라에 있는 남편에게 편지를 쓰고 싶다는 말을 하는 장면에서는 나도 모르게 울컥 목이 메었다. 여든 넘은 어머니가 산비탈 밭에서 힘들게 농사짓는 모습이 안쓰러워 내년에는 농사를 안 짓겠다는 다짐으로 시집 간 딸에게 백만 원 벌금을 내기로 각서를 쓰는 장면, 어머니 고생하는 것 보면 그냥 눈물이 난다며 연신 눈물을 훔치는 딸이 나오는 장면에서는 눈물을 닦는 관객도 있다.

할머니들이 쓴 시는 담담하지만 진솔하고 서툴지만 아름답다. "네년엔 농사를 질란가 안 질란가/몸땡이가 모르겠다 하네"라든지, "새끼들이 왔다 간께 서운하다/집안에 그득하니 있다 허전하니/달도 텅텅 비어브렀다"라는 구절은 담박하고 감동적인 생활시라 해도 손색이 없을 것이다. 영화 소개 전단지에 나와 있는 시, "사박사박/장독에도/지붕에도/대나무에도/걸어가는 내 머리 위도/잘 살았다/사박사박"이라는 작품은 단연 장원감이다.

투박하지만 감동적이다. 편안하고 따뜻하면서 목메게 하는 영화다. 세상살이가 편해진 이즈음 세대에게는 실감나지 않겠지만, 전쟁과 가난과 눈물과 시련을 견뎌낸 우리 세대에게는 진정한 감동이 밀려오는 영화다. 이 영화는 지난해 가을, 김포, 파주, 고양시 등에서 열린 DMZ국제다큐영화제에서 개봉된 후 큰 호평을 받았다는데, 내심 그럴 만하다고 고개가 끄덕여졌다.

■ 2019. 2. 14.

너무 닮으면 독창성을 잃고, 닮지 않으면 터무니없다
〈치바이스와 대화〉

　〈치바이스와 대화〉라는 전시회 명칭은 불만스러웠다. 중국 근대의 화가 제백석(齊白石)을 일컫는 표기가 왜 치바이스인가? 현지 언어 발음을 기준으로 한다는 외래어 표기법의 원칙에 따른 것이겠지만, 국어연구원이 정한 이런 식의 원칙에 대해서 나는 불만이 많다. 전시회 팸플릿에 팔대산인(八大山人)이나 오창석(吳昌碩)은 우리말 발음대로 표기해놓고 오작인(吳作人)은 우쭈어린으로 제백석(齊白石)은 치바이스로 표기한대서야 통일성도 없지 않은가?

　전시회 명칭이 '치바이스와 대화'라고 되어 있는 것도 혼란스러웠다. 치바이스와 누구와의 대화인가? 치바이스와 팔대산인, 오창석, 오작인 등 중국 근대 화가와 대화한다는 의미인 것 같은데, 너무 멋 부리다 혼란을 일으킨 제목인 것 같아 불만이었다. 중국 회화 전통에서 제백석의 그림이 선대 화가들의 화풍과 유사하면서도 독창적인 위상을 차지한다는 의미일 터이다. 그래서 〈같고도 다른 : 치바이스와 대화〉라는 전시회 명칭을 붙인 것 같다.

지난 2017년, 〈치바이스전〉이 예술의전당 서예관에서 열린 적이 있었는데, 나는 관람할 기회를 놓쳐 아쉬웠다. 아마도 주최 측 입장에서는 이번 전시회와 지난번 전시회를 구별하기 위하여 약간 다른 이름을 붙인 것인지도 모르겠다.

어떻든 중국 근대의 대화가 제백석 전시회라 하니 마음먹고 예술의 전당 서예관을 찾았다. 전시회에는 제백석의 기념비적 작품들이 두루 나와 있었다. 물고기, 연꽃, 대나무와 바위, 학, 사슴, 오리, 기러기 등 대표작뿐 아니라, 모란, 표주박 등 화조화(花鳥畵)와 인물화 산수화까지 그의 탁월한 그림 솜씨를 보여주는 작품들이 많이 있어 뜻 깊은 관람이 되었다.

전시회 벽면에는 제백석의 그림에 관한 견해들을 전광판으로 비쳐주어 화가의 예술관에 대해 공부하면서 그림을 감상하도록 잘 마련하였다.

"그림을 그림에 있어 너무 닮게 그려서도 안 되니 너무 닮으면 독창성을 잃고, 너무 닮지 않게 그려서도 안 되니 닮지 않으면 터무니없게 된다, 그런즉 그림을 그리는 데는 그 생동감을 묘사하는 것을 중시하여야 한다."는 중소형신(重塑形神, 형신을 다시 빚다)의 견해는 음미할 만하다. 또 "나는 다른 사람에게서 배우지, 다른 사람을 모방하지는 않는다. 나를 배우는 사람은 살지만, 나를 닮는 사람은 죽는다."는 화오자화(畵吾自畵, 나의 그림을 그린다)의 교훈도 뜻 깊다.

나는 평소 제백석의 그림은 산수화보다는 화조화에서 더 개성적이라고 생각했었다. 그가 그린 매미 그림을 보면 하늘하늘하게 속이 얼비치는 날개 표현이 감탄을 자아내게 한다. 나는 그의 모란이나 표주박, 물고기 그림들을 화집에서 보고 대단한 솜씨라고 감탄하였지만, 아울러 이번 전시회에 나온 그의 인물화 몇 점은 인상 깊었다. 해학적인 표정과 섬세하면서 단순한 필선이 창의적이었다. 그의 그림 〈늙은 농부〉를 감상한 것만으로도 오늘 이 전시회에 온 보람이 있었다.

　　제백석 화집을 처음 대한 것은 40여 년 전 서예가 검여(劍如) 유희강(柳熙綱) 선생의 집에서였다. 당시 중풍으로 우반신이 마비된 상태로 좌수서(左手書)를 쓰시던 검여 선생은 화곡동 집의 작업실로 사용하는 작은 별채에 소완재(蘇玩齋)라는 당호를 걸어놓았었는데, 이 서실에는 중국 서화집도 많았다. 제백석 전시회를 보고 나오면서 불현듯 옛 생각에 사로잡힌다.

■ 2019. 2. 15.

우람하지만 장엄하지 않은

〈시벨리우스 스페셜〉

하루에 두 번씩 예술의전당을 찾아간다는 것은 조금 피곤한 일이기는 하다. 제백석 전시회를 관람한 날, 과거 재직하던 대학의 제자들과 만날 약속이 생겼다. 저녁식사 하면서 예술의전당 콘서트홀에서 열리는 서울시향의 연주회를 보러 가자는 데 뜻이 모아져 일행은 '시벨리우스 스페셜'이라는 이름이 붙은 공연을 보러 갔다.

'시벨리우스 스페셜'이라는 이름이 붙은 오늘 연주회의 프로그램은 시벨리우스의 교향시 〈핀란디아〉와 바이올린 협주곡 D단조, 그리고 교향곡 6번과 7번이었다. 교향시 〈핀란디아〉는 내가 처음으로 음악 감상에 몰두하던 대학 교양학부 시절에 가장 좋아하던 곡이었다. 종로에 있던 르네상스 음악감상실에 가면 나는 습관처럼 이 곡을 신청하곤 했다. 러시아의 지배하에 있던 조국의 고난과 시련이 처절한 비탄의 울림으로 표현되는가 하면, 결연한 투쟁과 저항 의지가 힘차게 드러나고, 맑고 깨끗한 조국 찬가로 마무리되는 이 음악은 젊은 시절의 내 취향에 잘 어울렸다. 특히 도입부의 웅장하고 강인한 관악기의 울림은 인상적이고 감동적이었다.

시벨리우스는 내가 특별히 좋아하는 음악가다. 이 핀란드 작곡가의 바이올린 협주곡에는 북쪽 나라의 애절한 감상성과 잘 정돈된 음향의 조화가 빚어내는 아련한 울림이 있다.

그러나 오늘 연주회에서 나는 옛날처럼 뜨겁고 진한 감동을 느끼지는 못했다. 이제 무엇인가에 감동을 느끼기엔 너무 늙어버렸기 때문일까? 2층 뒷자리에 앉은 객석 위치가 너무 나빴기 때문일까? 하루에 두 가지 일을 하려니 너무 피곤했기 때문일까? 이도저도 아니라면? 그렇다, 연주회 자체에 불만이 있었기 때문이리라.

교향시 〈핀란디아〉는 첫머리의 관악기의 음향이 중요한데, 오늘 연주에서는 소리가 너무 크기만 하고 우람할 뿐, 장엄하다거나 웅장하다는 느낌이 약하지 않았나 싶다. 바이올린 협주곡에서도 무난하다는 인상뿐, 심금을 울리는 짜릿함과 애련함은 느끼지 못했다. 핀란드 출신으로 미국에서 활동하는 지휘자 오스모 벤스케(Osmo Vanska)의 독특한 색깔도 드러난 것 같지 않았다. 다만, 음악 영재로 이름을 날린 젊은 바이올리니스트 양인모의 바이올린 연주를 들은 것은 만족이었다. 그가 만들어내는 음색은 부드럽고 섬세했다. 정확하고 흠 없는 연주면서 감정을 적절히 조절할 줄 아는 지성적 품격을 갖추었다.

■ 2019. 2. 15.

침울하고 무거운 회색빛 화면

〈로마〉

인터넷이 가능한 모든 디바이스에서 동영상 스트리밍이 가능한 넷플릭스로도 배급한 영화 〈로마〉는 인터넷에 능숙한 사람들은 집에서 편안히 감상할 수 있을 것이다. 그러나 내가 굳이 영화관을 찾아가는 이유는 인터넷에 서툴러서가 아니다. 영화는 영화관에서 보아야 제맛이 나기 때문이다. 컴퓨터 모니터로 영화를 본다는 것은 영상 콘텐츠의 내용을 따라갈 따름이지 영상을 제대로 감상하기에는 부족한 느낌이 있다. 음악 연주회나 무용 공연을 극장에서 보아야 하는 것과 같은 이유다.

알폰소 쿠아린 감독의 이 영화는 1970년대 멕시코시티를 배경으로 중산층의 삶과 민주화 운동이 전개되던 당대 사회상을 반영한 흑백영화다. 감독 자신의 자전적 체험에 근거하여 만든 영화인데 주제 의식이 강하고 카메라 워크가 인상적이다. "내 기억으로부터 나온 영화이기 때문에 그 시절에 경험한 개인적인 삶이 담겨 있다."는 감독의 말은 이 영화가 담은 주제의식을 반영한다.

집안일을 돌봐주던 젊은 가정부 클레오를 주인공으로 일상의 삶 속에서 경험하는 기쁨과 고통을 소재로 드라마가 전개된다. 원하지 않는 임신과 무책임한 남자의 배신이 이 영화의 중심 스토리이다. 이런 이야기야 영화나 소설에서 흔히 다루어지는 소재여서 새로울 것이 없다. 여기에 가족이 파괴되는 모습이 더해지고, 민주화 운동이 한창이던 당대의 멕시코 사회의 시대적 배경이 삽입된다.

아버지가 떠나가고, 가족이 깨지는 게 전체적인 이야기 줄거리다. 1970년대 멕시코 사회가 얻은 상처와 흉터를 표현하고 싶었다는 감독의 의도는 흑백화면의 우울하고 칙칙한 영상적 효과에 힘입어 강하게 각인된다. 민주화를 향한 시위 군중 장면이 자극적으로 삽입되어 있지만, 정치적 메시지가 우선하는 영화는 아니다. 당대 사회의 시대정신을 담고 있지만 스토리의 흐름은 가족사가 중심이다.

주인공 클레오역의 얄리차 아파리시오는 전문 배우가 아니라 초등학교 교사라는데, 우울하고 소극적이며 무덤덤한 캐릭터를 잘 소화하였다. 좀 부족하고 말이 없는 성격이면서 남자에게 배신당하고 상처받는 모습이 한 세대 전의 우리나라 이야기 같은 느낌을 준다.

이 영화에 섞여 있는 학생 시위 장면은 1970년대 멕시코 사회를 배경으로 한 것인데, 치열한 아픔을 겪은 우리나라 사정과 많이 닮아 있다. 우익무장단체 '로스 알코네스'가 시위대 백여 명을 살해한 '성체 축일 대학살'의 비극적인 역사는 멕시코 사회의 지울 수 없는 상처로 남아 있다.

지금 우리나라는 오히려 민주화가 훈장처럼 통용되고, 육법 위에

침울하고 무거운 회색빛 화면

떼법이라는 것이 있고, 우격다짐과 아우성으로 모든 문제를 해결하려는 풍토가 있어 염려스러울 지경이 되었다. 멕시코는 민주화가 실패로 돌아갔고, 한국은 민주화가 과도하게 넘쳐서 문제가 될 지경이 아닌가?

공연이나 영화를 본 후 개운하고 홀가분한 맑은 기분이 드는 경우가 있고, 침울하고 무거운 회색빛 감정에 빠지는 경우가 있는데, 이 영화는 후자에 속한다. 비극은 카타르시스를 불러오지만, 이 영화는 우울감 그 자체의 형상화일 뿐이다. 괜찮게 만들었지만, 내 취향에 맞는 영화는 아니다.

■ 2019. 2. 19.

"기도하는 사람은 죽이면 안 된다"
〈햄릿〉

셰익스피어의 고전비극 〈햄릿〉이야 연극으로, 희곡으로, 여러 번 보고 읽은 워낙 유명한 드라마니 새삼스러울 것이 없다. 다만 이번 공연영상물은 영국 국립극장의 N.T. Live(National Theater Live)라고 소개되어 있어 관심이 갔다.

나는 영국에서 직접 셰익스피어 극을 관람할 기회가 없어 아쉬웠다. 1994년 여름, 미국 유타주의 브리검영대학에 가 있을 때 유타주 남부 시더시티에서 열린 셰익스피어 축제에 가서 연극 〈오셀로〉를 본 것이 기억에 남는다.

셰익스피어 축제로는 영국 런던과 셰익스피어의 고향 스트랫퍼드 어폰 에이번에서 공연하는 로열 셰익스피어 극단의 공연이 가장 널리 알려져 있고 수준 높기로 정평이 나 있다. 캐나다에서는 온타리오주의 오대호 인근 스트랫퍼드에서 열리는 축제가 유명하고, 미국에서는 오리건주의 애슐랜드, 유타주의 시더시티, 뉴욕, 캘리포니아 주의 샌

디에이고, 콜로라도주의 볼더, 앨라바마주의 몽고메리 등의 셰익스피어 축제들이 유명하다. 내가 아는 미국인 친구 가운데는 그 여러 곳의 셰익스피어 축제를 다 가보았다는 사람도 있다.

이번 공연에서는 유명한 배우 베네딕트 컴버배치가 햄릿을 연기하였다. 베네딕트 컴버배치는 좋은 배우다. 그의 연기는 진지하고 철학적이었다. 고뇌와 분노를 내포한 귀족적 지성미를 표현하는 데 탁월한 연기력을 발휘하였다. 이에 비하여 오필리아 역의 배우는 다소 실망스러웠다. 미인도 아니고 개성미가 두드러진 것도 아니어서 특별한 매력을 찾아볼 수 없었다. 다소 모자라는 듯한, 답답한 느낌을 주는 인물형이었다. 오필리아는 수동적이고 순종적이면서 아름다운 고통을 표현해야 하는데, 그렇지 못해 아쉬웠다. 레어티스 역의 배우는 흑인인데, 지나치게 과장된 연기가 조금 거슬렸다. 팔뚝에 새긴 문신과 함께.

현대식 의상을 입고 고전극을 연기하는 이 연극은 무대 세팅이 과감했다. 막의 구분도 없고 연기자들이 소도구들을 옮기면서 장면이 바뀐다. 워낙 많이 공연한 극이니만치 어떻게 하면 원작을 부서트리지 않고 새롭게 창조할 것인가에 대해 연출자는 고민했을 것 같다.

햄릿은 우유부단한 성격의 대표자일까? 돈키호테는 과단성 있는 성격의 대표자일까? 아니다. 햄릿은 사색하는 철학적 인간형의 대표자고, 돈키호테는 우스꽝스러운 저돌적 인간형의 대표자다. 햄릿이 기도하고 있는 클로디어스를 죽이지 못한 것은 우유부단하기 때문이 아니다. 기도하는 사람은 죽이면 안 된다, 원수일지라도. 기도할 때

죽여 그를 천국에 가게 하는 것은 원수 갚는 태도가 아니라는 햄릿의 생각에 나도 동의한다.

"기도하는 사람은 죽이면 안 된다"

classical music

대담하고 웅장하면서 순수하고 격정적인
말러 교향곡 제1번 〈거인〉

구스타브 말러(Gustav Mahler)는 위대한 작곡가다. 생전에 그는 작곡가보다는 지휘자로 더 명성을 날렸지만, 그의 음악에는 웅혼한 혼의 떨림이 있고 무거운 고뇌가 있고 초인을 향한 형이상학적 의지가 있다. 지휘자로서 무자비한 완벽주의자였던 말러는, 작곡가로서 그가 창작한 음악에서는 우주적 스케일의 영성적 철학성을 지니고 있다.

그의 근원적 고뇌는 독일어를 사용하는 유대인으로 오스트리아에 사는 보헤미아 출신인 것에서 기인했을 것이다. 그 자신이 "오스트리아 안에서는 보헤미아인으로, 독일인 중에서는 오스트리아인으로, 세계 안에서는 유대인으로서, 어디에서도 이방인이고 환영받지 못했다."고 고백한 적이 있다. 이런 정체성의 혼란은 프란츠 카프카의 경우와 유사하지만, 카프카의 문학이 침울하고 망상적이라면, 말러의 음악은 우주적이며 사색적이다. 말러의 교향곡들에 '거인', '부활', '천상의 삶' 등의 제목이 붙어 있는 것은 이러한 특성을 말해준다.

오늘 코리안심포니의 프로그램에는 말러의 교향곡 1번 〈거인〉이 들어 있어 나는 이 음악을 들어보려 다른 약속을 피하고 연주회장에 찾아갔다. 지휘자 정치용은 곡의 핵심을 정확히 포착한 깊이 있는 음악을 만들었다. 대담하고 웅장하면서 순수하고 격정적인 말러의 음악을 원 모습 그대로 살려내는 데 성공하였다는 생각이 들었다. 운명에 대항하는 영웅적 인간형을 살려내면서 음악으로 한 편의 드라마를 형상화하는 솜씨가 돋보였다. 느리고 신비로운 느낌의 서주부에서부터 신선하고 맑은 느낌의 전개부를 거쳐 치열한 투쟁과 승리를 선언하는 힘찬 종결부에 이르기까지 흠 잡을 데 없는 단단한 연주였다.

피아니스트 조재혁과 함께한 리스트의 피아노 협주곡 1번도 좋았다. 화려하기도 하고 서정적이기도 한 이 음악을 조재혁은 명쾌하고 자신 있게 연주하였다. 기교적 완벽성이 중요한 것이 아니라 음악을 잘 요리하는 것이 더 중요하다는 생각을 가지고 연주하는 것 같았다.

나는 객석 맨 앞줄 오른쪽에 앉아 있어서 피아노를 연주하는 손동작을 볼 수 없었던 점이 못내 아쉬웠다. 다음에는 미리미리 입장권을 확보해야겠다는 생각을 하면서 연주회장을 빠져나왔다.

■ 2019. 2. 22.

견디기 힘든 시간
〈파가니니〉

입장료 아까운 생각이 들어 웬만하면 공연이 끝날 때까지 자리를 지키는 것이 내 습관이다. 하지만 오늘 본 뮤지컬 〈파가니니〉는 도저히 견디기 힘들어 중간 휴식 시간에 공연장을 빠져나왔다.

세종문화회관 M시어터는 적당한 규모의 소극장이어서 가끔 좋은 공연을 만나기도 했다. 그런데 오늘 본 이 뮤지컬은 너무 시끄럽게 울려대는 노랫소리가 귀청을 따갑게 했다. 파가니니의 멜로디를 담은 록음악 장르의 퍼포먼스로 꾸민 뮤지컬이라고 소개되어 있어 관심을 가졌었는데, 아무래도 나는 이런 종류의 소란스러운 록음악과는 인연이 먼 사람인 것 같다. 노래라기보다는 고음으로 소리 지르는 폭발적 함성, 바이올린 연주라기보다는 쇼맨십에 더 치중한 깊이 없는 연주, 먼지 자욱한 무대 위에서 펼쳐지는 왁자지껄한 장마당 같은 극의 진행은 보는 이를 피곤하게 한다. 그래도 좋다고 호응하고 환호하는 젊은이들 무리 속에 끝까지 앉아 버티기가 힘들었다. 대전 예술의전당에서 초연되어 호평을 받고 전석 매진되는 기록을 보였다는 뉴스에 현혹된 나 자신이 원망스러웠다.

악마라는 이유로 사후에도 매장되지 못한 파가니니의 억울함을 벗겨주려고 노력하는 아들과 악마라고 주장하는 신부가 맞서 종교재판을 진행하는 이야기가 이 극의 골간이다. 여기에 파가니니의 이름을 사용한 카지노의 허가 취소에 다른 이해관계가 얽혀 극의 갈등 구조가 마련된다. 이런 스토리 전개는 드라마틱한 대립 구조를 지니고 있어 잘 먹힐 만한 소재다. 그런데 뮤지컬 드라마의 상투적 모습인, 높은 톤의 격정적 발성으로 메워진 무대에 나는 피로감을 느꼈다는 말이 옳을 것이다.

밖에 나오니, 세종문화회관 앞 광화문 광장에는 두 그룹의 데모대가 아우성치고 있다. 한쪽에서는 민노총 전국대회를 하는지 무시무시하고 무지막지한 플래카드와 마이크 소리가 요란하고, 다른 쪽에서는 현 정권의 문제점들을 규탄하는 태극기 부대의 물결이 이에 맞서 출렁인다. 광장 한편에는 아직도 세월호 관련 천막들이 쳐져 있다. 을씨년스럽고 갑갑하고 침침한 풍경이다. 미세먼지 자욱한 토요일 오후, 나는 망연히 하늘을 쳐다본다.

■ 2019. 2. 23.

품위와 용기, 휴머니티

〈그린 북〉

모처럼 감동적인 영화를 감상하였다. 미국 사회의 인종 간 갈등 문제를 다룬 영화는 여러 편 있었지만 〈그린 북(Green Book)〉처럼 품위 있고 깊이 있게 이야기를 전개하고 영상적 효과를 만들어내기란 쉬운 일이 아니다.

실화에서 영감을 얻어 극본을 구성한 이 영화는 1962년의 미국 사회를 배경으로 하였다. 흑인 피아니스트 돈 셜리(마허샬라 알리 역) 박사와 그의 운전기사 겸 보디가드인 백인 토니 발레롱가(비고 모텐슨 역)는 미국 남부 지역 연주 여행을 떠난다. 위험한 인종차별적 분위기의 지역에 뛰어든 두 사람은 편견과 폭력에 반응하는 태도를 통하여 서로 간에 이해와 동정을 쌓아나간다. 교양과 품격을 지닌 흑인 피아니스트와 거칠고 상스러운 백인 운전기사라는 설정부터가 극적이다. 생각하는 태도와 행동하는 양식, 말투와 취향까지 대조적인 두 사람은 인종차별적 상황에 대처하는 방식이 다르지만, 더 이상 참을 수 없는 모욕에 대하여는 행동을 같이한다.

갖은 억압과 모욕을 참고 견디던 흑인 피아니스트와 백인 운전기사가 인종차별적 레스토랑 지배인의 위선에 분노하여 연주회를 포기하고 나오는 장면은 이 영화의 클라이맥스다. 흑인을 깔보고 폭력을 행사하는 백인 깡패들, 부패하고 폭력적인 경찰관, 위선과 허위에 길든 남부 백인사회에 대한 관객의 분노가 절정에 달할 즈음 이 두 사람의 온건하지만 단호한 저항 행동은 동정과 공감을 사기에 충분하였다. 그들은 흑인 전용 술집에서 자유롭고 통쾌한 연주 행각을 벌인다. 이 부분은 이 영화에서 카타르시스를 느끼게 하는 속 시원한 반전 장면이다.

이 영화에는 기억할 만한 몇 장면과 대사들이 있다. 폭력에 대항하는 방법은 폭력이 아니라 품위라는 흑인 피아니스트의 말은 음미할 만하다. 흑인 피아니스트 돈 셜리는 위험하고 인종차별적 분위기가 팽배한 남부 지역 투어를 꼭 해야 할 필요가 없었다. 돈도 더 벌수 있고 위험하지도 않은 북부 지역 연주 여행만 해도 되는 그가 굳이 이 지역 투어를 하는 것은 용기 때문이라는 것, 안락한 명성 이상의 것을 쟁취하려면 용기가 필요하다는 말은 상징적이다.

교양 있는 흑인 피아니스트는 고급 사회의 백인처럼 행동하고, 상스러운 백인 운전기사는 저급한 흑인처럼 산다. 이 상황은 두 사람 모두에게 정체성의 혼란을 가져다준다. 메시지를 노골적으로 노출하지 않으면서도 테마가 뚜렷한 영화다.

영화의 제작과 각본은 실화의 주인공 토니 발레롱가의 아들 닉 발레롱가가 썼다. 인격과 교양이 다른 두 사람이 만나 서로의 삶을 바꾸고 타인을 바라보는 관점을 바꿔놓았다는 점에서 이 영화는 단순히 흑백 인종 간의 우정에 관한 이야기를 넘어서는 간곡한 휴머니티를 지닌다. 진한 여운을 남기는 이 감동적 영화는 따뜻하고 아름다우면서도 호소력이 있다.

이 영화를 본 처음 본 날은 2019년 2월 22일이었다. 열흘 후 3월 2일, 모처럼 만난 가까운 시인 두 명과 함께 용산 아이파크몰에 있는 CGV 영화관에서 나는 두 번째로 이 영화를 감상하였다. 이 영화가 며칠 전 아카데미상 작품상을 수상하였다는 뉴스에 모두들 관심이 있었기 때문이었다. 다시 보아도 역시 좋은 영화였다.

■ 2019. 3. 2.

형이상학적 정화감
런던 필하모닉과 율리아 피셔

세계 최고급의 연주를 감상하는 기회는 흔치 않다. 런던 필하모닉은 런던 심포니와 함께 영국을 대표하는 오케스트라여서 모처럼의 내한 공연을 놓치지 않으려고 미리 준비하였다. 지난 가을 런던 심포니 내한 공연 때 입장권이 매진이어서 감상할 기회를 놓친 것이 못내 아쉽기도 했기 때문이었다.

오늘 프로그램은 리하르트 슈트라우스의 교향시 〈틸 오일렌슈피겔의 유쾌한 장난〉과 멘델스존의 바이올린 협주곡, 그리고 브람스의 교향곡 2번이었다.

지휘자 브라디미르 유롭스키(Vladimir Jurowski)는 1972년생이니까 40대 후반이다. 창단 90년 가까운 세계 굴지의 교향악단을 모험적이며 미래지향적으로 이끌어간다는 평을 듣는 활기 있는 지휘자다. 그가 만들어내는 사운드는 유연하고 명료하며 단단하고 정확하다. 그는 튼튼한 음악적 구조를 토대 삼아 풍부한 서정성과 탄력 있는 귀족적 품격을 빚어내는 솜씨를 지녔다. 게오르그 솔티나 쿠르트 마주어 같은 명지휘자가 이끌었던 교향악단을 벌써 10년 이상 맡아 리드해 가면서 호평을 들을 만했다.

오프닝곡 〈틸 오일렌슈피겔의 유쾌한 장난〉은 〈차라투스트라는 이렇게 말하였다〉와 함께 리하르트 슈트라우스의 대표적 교향시다. 독일 민담에 나오는 모험가며 장난꾸러기인 틸 오일렌슈피겔을 주 인공으로 인간 사회의 탐욕과 위선을 풍자하는 해학적이고 자유로운 음악이다. 다채롭고 생생하며 화려한 관악기들의 솔로 파트가 잘 조 명된 오늘 연주는 호른의 큰 음량과 클라리넷의 익살스러운 선율이 인상적이었다. 문학적인 서사와 회화적인 색채감을 잘 살린 연주는 명쾌하고 재기발랄한 음악을 들려주었다.

율리아 피셔(Julia Fisher)가 협연한 멘델스존의 바이올린 협주곡은 최상급이었다. 그녀의 바이올린 연주는 섬세하고 치밀하면서 우아하 고 단정했다. 완벽한 기교를 구사하는 비르투오소면서 절제된 감성 을 갖춘 소리를 들려주었다. 절제된 감성이란 지성미의 세례를 받은 음악가 정신에서 우러난다. 바이올린 음이 우아하고 여유 있고 자유 로웠다. 때로는 애잔한 우수에 잠기고 때로는 감미로운 선율에 사로 잡혀 정신없이 몰입해 있는 사이 어느새 연주가 끝났다.

브람스의 교향곡 2번은 그의 교향곡 1번과 4번에 익숙한 내게는 드문 기회였다. 조용하고 목가적이며 평화롭게 시작된 곡은 다소 우 울한 사색적인 느낌의 침잠된 음영을 던져주며 전개된다. 이어서 목 관악기 중심의 흥겨운 가락의 춤곡이 나온 후 화려하고 강한 피날레 로 끝맺는 이 교향곡은 브람스의 교향곡 가운데서는 비교적 밝고 생기 있는 기운에 넘친다. 블라디미르 유롭스키가 지휘한 오늘의 연주는 음반으로 듣던 카라얀의 독일 오케스트라보다는 조금 덜 중후하게, 조금 더 명쾌하게 음악을 다듬었다는 인상을 받았다. 관악기와 타악기의 음색이 분명하면서 전체적으로 밝고 사랑에 넘치고 긍정정인 인상을 주는 음악을 들려주었다.

바이올린 협연자 율리아 피셔는 중간 휴식 시간 후 2부에서 교향악단의 바이올린 파트의 뒷자리에 앉아 함께 연주하였다. 협연자가 자기 연주가 끝난 후 오케스트라에 섞여 함께 연주하는 것은 보기 드문 일이다. 친절하고 선량한 인간미를 느끼게 한다. 그녀는 앙코르곡으로 파가니니의 〈카프리스〉 17번을 연주하였는데 화려한 기교를 아끼지 않아 감탄을 자아냈다. 브람스 교향곡 2번 연주 후 앙코르 곡은 브람스의 〈헝가리 무곡〉 6번이었는데 생동감 넘치고 상쾌하여 장내를 기분 좋은 음악적 여운으로 충전시켰다.

오늘처럼 형이상학적 정화감과 도취에 사로잡히는 시간은 귀하고 드문 경험이다. 일상의 피로와 때에 찌든 감정과 영혼이 우아한 아름다움에 적셔진 기분이었다. 모처럼 귀족적 품격을 한껏 누린 저녁이었다.

■ 2019. 3. 7.

가족 환상과 인간의 유대감
〈자기 앞의 생〉

잘 알려진 유명한 소설을 극화하여 원작에서만큼의 감동적 형상화를 완성하기란 쉬운 일이 아니다. 로맹 가리의 소설『자기 앞의 생』을 공연한 동명의 연극은 원작소설보다 사색적 깊이가 부족하다는 느낌을 받았다. 원작의 각색, 연출의 방향과 색깔, 연기자의 능력과 무대 효과 등이 문제가 된다. 소설은 소설이고 연극은 연극이니, 연극은 연극답게 만들어야 한다. 그러나 원작이 있으니 원작의 의도나 주제, 인물과 성격, 작품이 전달하려는 메시지가 본래의 취지에서 너무 어긋나도 안 된다. 대중적 인지도가 있으니 전달이 쉬울 것이라고 생각하면 오산이다. 오히려 같으면서 다른 재창조 작업의 어려움에 직면하게 된다.

명동예술극장의 국립극단 연극 〈자기 앞의 생〉에서 주인공 로자 역은 양희경과 이수미 더블 캐스팅인데, 나는 텔레비전에도 가끔 나와 낯익은 양희경 출연을 골랐다. 양희경은 썩 괜찮은 배우다. 발성이 기본에 충실하고 호소력이 있다. 풍신한 몸피, 중저음의 음색, 과장되지 않으면서 호소력 있는 동작, 무대를 휘어잡는 카리스마가 있는 연기자다. 여기 비해 모모 역의 오정택은 발음이 너무 빠르고, 대사를 덩어리, 덩어리 뭉쳐서 발음하는 까닭에 전달이 좋지 않은 흠을 가지고 있었다.

연극에서 대사 전달의 부정확성은 치명적인 문제가 된다. 지나치게 연극적이고 작위적인 상투적인 억양은 물론이고, 속삭이듯 낮게 말하는 장면이 너무 많으면 관객을 갑갑하게 한다. 더욱이 객석을 뒤로하고 등을 돌리고 하는 발성은 대사 전달이 어렵다. 또 주인공 두 사람이 마주 보고 말하는 장면도 너무 많으면 객석에 대사가 충분히 전달되지 않는다. 오늘 공연은 이런 문제점들을 모두 지닌 공연이었다.

파리 슬럼가의 허름한 아파트, 7층 계단을 힘겹게 오르내리는 로자는 사창가에서 버려진 아이 모모를 아들처럼 데리고 산다. 홀로코스트를 겪은 유대인인 로자는 무슬림으로 키워달라는 부탁을 받은 아이 모모를 유대인으로 키웠다고 모모 아버지에게 거짓말을 한다. 아내를 살해한 경력이 있는 모모 아버지는 무슬림이 아니면 필요 없다고 말하며 가버린다. 이 과정에서 모모의 나이는 열 살이 아니라 열네 살인 것이 밝혀지고, 로자 아줌마는 건강이 악화되어 치매와 가사 상태를 겪다가 죽음을 맞는다.

이 스토리의 중심 테마는 가족 환상에 관한 것이다. 모모는 자신의 출생에 관해 궁금해하지 않으면서 로자 아줌마에게 무의식적으로 집착한다. 어머니가 창녀라는 점에서 사생아 이야기처럼 보이지만, 자기를 버리고 간 아버지를 그리워하지 않는다는 점에서 모모는 로사에 대한 가족 환상에 빠져 있다. 외부 세계와 단절된 채 로자의 죽음 과정을 지켜보는 모모는 인간 사이의 유대와 연결을 간절히 갈구한다. 모모와 로자의 이야기는, 그러나, 음침하거나 우울한 색채로 덮칠되어 있지 않다. 모모에게 가족 환상은 그의 삶을 지탱하는 버팀목이다.

로맹 가리는 평론가들의 악평에 대해 본때를 보여주겠다는 심경으로 에밀 아자르라는 가명으로 소설을 발표하여 공쿠르상을 두 번이나 수상한 천재적 작가다. 권총 자살로 생을 마감한 이 소설가의 생애는 소설보다 더 소설적이며, 연극보다 더 극적이다. 소설 『자기 앞의 생』에는 모모가 묻는 유명한 말이 있다. "사람은 사랑 없이도 살 수 있나요?"

오늘 본 연극은 몇 가지 마음에 걸리는 점을 제외하고는 무난하다는 인상을 받았다. 무거운 주제를 편안히 꾸며낸 솜씨가 있고, 어느 장면도 너무 튀거나 모자람 없이 순조롭게 이어졌다. 원작소설의 중압감이 큰 그늘을 드리웠다는 점을 부인할 수는 없겠지만.

공연이 끝난 후에 나와 걷는 명동 거리에는 낯선 중국인 관광객들이 몰려다니고, 불 밝힌 상가들에는 생기가 돌았다. 인파 속에서 나는 잠시 머뭇거린다. 저들에게 '자기 앞의 생'이란 어떤 모습일까?

■ 2019. 3. 13.

부패와 욕망, 허위와 위선, 가식과 조롱
〈뜨거운 양철 지붕 위의 고양이〉

테네시 윌리엄스는 젊은 날, 내가 좋아하던 극작가다. 대학 교양 학부 시절, 유진 오닐의 〈밤으로의 긴 여로〉, 아더 밀러의 〈세일즈맨의 죽음〉, 손톤 와일더의 〈우리 마을〉 등과 함께 테네시 윌리엄스의 〈욕망이라는 이름의 전차〉나 〈뜨거운 양철 지붕 위의 고양이〉 공연을 보러 명동의 시공관(지금의 명동예술극장)이나 남산의 드라마센터를 드나들었다. 1960년대 일이니까 벌써 반세기 넘게 지났다. 이 현대의 고전들은 여러 번 보아도 싫증나지 않는다. 늘 새롭고, 진지하고, 극적이다. 연극다운 치열한 갈등 구조가 있고, 사랑과 증오와 위선과 허위에 대한 폭로가 있다. 인간의 삶의 모습에 대한 진지한 관찰이 있다.

오늘 남산 국립극장 달오름극장에서 본 공연영상물은 영국 국립극장 제작의 NT Live였다. 베네딕트 앤드루스(Benedict Andrews) 연출, 시에나 밀러(Sienna Miller), 잭 오코넬(Jack O'Connell) 주연인데 보기 드물게 잘 만든 연극이었다. 이 연극은 대립적 인물의 성격이 팽팽한 갈등 구조 속에 살아 있고, 스토리가 탄탄한 플롯 위에 전개되는 정통 연극다운 요소와, 무대 설정과 연기자의 동선과 분위기 창조가 현대극다운 요소를 지녔다. 정통 연극이면서 진부하지 않고, 현대극이면서 지나치게 전위적이지 않다. 쉽지 않은 작업이었을 것이다.

극은 미국 남부 미시시피주에 사는 부호 폴리트 노인의 생일 파티 날에 시작된다. 폴리트의 차남 브릭의 아내 매기와 알코올중독자 브릭 부부는 한 집안에서 별거 상태로 지낸다. 과거 미식축구 선수였던 브릭은 아내 매기가 자신과 친구 스키퍼를 동성애자라고 매도하여 그를 죽음으로 몰고 갔다고 생각해 냉대하며 폐인으로 지낸다. 차남 브릭 부부는 성생활을 하지 않으므로 아이가 없지만, 변호사인 장남 구퍼와 메이 부부는 자식이 다섯에 여섯 번째 아이를 임신하고 있다. 그들은 아버지의 재산을 상속받기 위해 갖은 가식과 위선을 보인다. 브릭은 자신과 스키퍼의 순수한 우정을 동성애로 보는 사회의 허위의식이 역겹다고 말하자, 폴리트 노인은 그것이 사랑이었음을 인정하지 못하는 너의 허위의식을 버리라고 충고한다. 폴리트 노인은 암 선고를 받았음이 밝혀지고, 유산 상속을 요구하는 장남 부부 앞에서 매기는 브릭의 아이를 임신했다고 거짓말한다. 아버지가 재산을 차남 브릭에게 물려줄 것을 암시하자 형 부부는 거짓말하지 말라며 매기를 다그치지만, 브릭은 아내의 거짓말을 부인하지 않는다. 극의 마지막, 매기는 브릭에게 "오늘 밤 거짓말을 진짜로 만들자"라며 전라가 되어 침실로 간다.

잘 짜여진 플롯이나 실감나는 스토리만 보고 좋은 작품이라고 하는 것이 아니다. 등장인물들이 주고받는 대화가 의식의 밑바닥을 파헤치고, 인물들이 형상화하는 삶의 모습이 인간의 내면에 감추어진 진실을 드러내기 때문이다. 이 연극에서 보여주는 인간의 부패와 욕망, 허위와 위선, 가식과 조롱 등은 누구나, 언제나, 어디서나, 볼 수 있는 보편적 추악함이다. 이 연극의 주제는 인간의 허위의식에 관한 것이다. 단순히 허위의식을 고발하는 것이 아니라, 그 허위의식이 우리의 삶 자체임을 보여주는 데 초점이 있다. 욕망을 충족시키기 위해 물불 가리지 않는 인간의 더러움에 대하여, 순수하지 않은 인간관계와 오해와 불신에 대하여 주인공 브릭은 "역겹다"고 말한다. 관객은 이 역겨움이 단순히 연극 속에서만 일어나는 사건이 아니라, 실제로 우리 주위에서 일어나는 사건임을 느끼며 공감한다.

이 연극의 처음과 끝에는 과격한 신체노출 장면이 있다. 극의 처음에는 알코올중독자 브릭이 생식기를 드러낸 채 맨몸으로 웅크리고 있다. 마지막 장면에서는 아내 매기가 옷을 모두 벗고 벌거숭이가 되어 브릭에게 성행위를 요구한다. 이런 장면들은, 그러나, 전혀 외설스럽지 않다. 인물들의 심리적 고통에 몰입되어 공감하고 있는 관객들은 이런 장면들에서 더욱 가혹한 고통을 느낀다.

극 중에는 기억할 만한 인상적인 대사들이 있다. 예컨대, 사랑하는 사람이 자기를 사랑해주지 않는다면 사랑하는 사람과 같이 사는 게 혼자 사는 것보다 더 외로울 수도 있다는 말이나, 돈으로도 생명은 다시 살 수 없는 법이라는 말은 음미할 만한 대사들이다. 사랑의 갈증과 욕망, 자본주의적 인간관계 안에서의 탐욕과 가식, 허위의식과 위선에 대한 역겨움 등이 치밀한 심리 묘사로 표현되어 있다는 점에서 이 연극은 싸구려 통속극과 구별된다.

1955년 초연 이후, 전 세계에서 헤아릴 수 없이 많은 공연 횟수를 기록했고, 중요한 수상 경력도 있고, 엘리자베스 테일러와 폴 뉴먼 주연의 영화로도 제작된 이 연극은 가장 미국다운 연극이면서 동시에 보편적이다. 미세먼지 자욱하게 덮인 서울 거리를 걸으면서 나는 인간의 탐욕과 허위의식과 역겨움에 대하여 생각한다.

■ 2019. 3. 14.

화평함과 여유와 초월의 미감

〈정악, 깊이 듣기〉

우리나라의 정악과 같은 음악을 가진 민족이 또 있을까? 정악은 단순히 중궁의 전례음악이나 사대부의 풍류를 넘어서는 오묘한 철학적 깊이를 지니고 있다. 정악에는 민속음악과는 차원이 다른 화평함과 여유와 초월의 미감이 스며 있다. 정악에는 귀족적 품격만으로는 설명하기에 부족한 고아하고 너그러우며 절제되고 유려한 깊은 승화감이 있다. 정악에는 위엄과 품위와 자유로움과 흥그러움이 있다. 정악의 숨 막힐 듯한 유장함에는 단순히 느림의 미학만으로는 설명할 수 없는 형이상학적 평정감이 있다.

국립국악원의 3월 공연 제목은 〈정악, 깊이듣기〉였다. 프로그램은 〈본령(本令): 일명, 태평춘지곡(太平春之曲)〉〈보허자(步虛子)〉〈수제천(壽齊天)〉과 〈자진한닢〉〈수룡음(水龍吟)〉〈영산회상(靈山會相)〉 등이어서 궁중음악은 물론 사대부가 선비들의 풍류방 음악까지 두루 감상할 수 있는 기회가 되었다. 지난가을 이틀에 걸쳐 〈영산회상〉 여러 곡조를 감상한 나는 이번에는 유명한 〈수제천〉과 〈보허자〉 연주에 관심이 있었다.

연주가 시작되자 나는 첫 곡 〈태평춘〉의 장중하고 평화로운 음의 세계에 매혹되었다. 비교적 규칙적인 편종과 편경의 선율적 흐름을 바탕으로 음량이 큰 당피리와 대금과 해금이 어우러져 조화와 안정 속에서의 변화감을 완성하는 이 음악에는 형언하기 어려운 격조와 위엄이 서려 있다. 길게 내뻗는 소리의 흐름과 울림에는 평화와 기쁨과 희망의 밝은 세계관이 드러난다. 세종 임금이 만든 〈여민락(與民樂)〉에서 파생된 관악협주곡인데, 고전적이며 우아한 화평감이 지배하는 음악이다.

허공을 걷는 사람이라는 뜻의 〈보허자〉는 철학적인 명칭이 아닌가? 이토록 놀라운 시적 정취를 지닌 악곡의 명칭은 다른 나라 음악에는 없다. 느리고 유연하며 자유롭고 안온한 음악의 세계는 이상향에서 노니는 신선의 경지를 그린 것일 게다. 자연 속에서 자연에 순응하며 장생(長生)과 불로(不老)를 희구하는 음악이다. 오늘 연주에서는 김병오의 남창(男唱)을 중심으로 해금과 아쟁이 선율을 이어갔다. 현을 문지르는 찰현악기인 해금과 아쟁이 조화를 이루어 노래하는 목소리를 받쳐주었다.

〈수제천〉은 내가 가장 좋아하는 국악곡이다. 하늘처럼 영원한 생명이라는 뜻의 명칭처럼, 축원의 분위기를 표현하는 이 궁중음악은 우리 정악의 백미다. 향피리의 강하고 높은 음색이 주도하면서 대금, 해금, 아쟁 등 여러 악기가 선율을 서로 주고받는 연음 형식의 이 음악은 선율적이면서 소리의 어울림을 중시한다. 나는 '계면조'니 '여음'이니 '갈라친다'느니 하는 국악의 템포나 연주 기법에 대해서는 잘 모른다. 다만 이 음악이 주는 격조와 품위, 장중하면서 우아한 멋, 넉넉하면서 여유로운 느낌에 감탄할 따름이다. 흔히 이 음악을 조선 시대 궁중음악의 백미라 일컫는데, 나는 세상의 모든 기악곡 중에 으뜸이라는 찬사를 보내고 싶다.

〈자진한닢〉은 대금과 거문고로 연주하였는데, 섬세하고 우아하며 유현한 멋이 있다. 숨 막힐 듯한 평정감을 느끼게 하는 완전하고 넉넉한 느림의 자유, 평정 속에서의 행복감이 있다. 그 밖에 물속의 용이 읊조린다는 뜻의 〈수룡음〉은 평화롭고 멋스러우면서 화려한 맛이 있다. 단소, 생황, 아쟁으로 편성된 연주는 풍성하고 안정된 소리의 조화와 어울림이 신비롭기까지 했다. 끝 곡 〈영산회상〉 역시 좋은 연주였지만, 지난가을 전곡을 길게 들었던 것에 비하면 연주 시간이 짧아서 아쉬웠다.

눈에 거슬린 것 한 가지 ─ 연주와 연주 사이 쉬는 시간에 아나운서와 해설자가 나와서 대화 형식의 해설을 들려주는데 이런 군더더기는 참고 있기에 불편했다. 해설을 하려면 더 본격적으로 하든지, 그렇지 않으면 그냥 조용히 내버려두는 편이 낫겠다 싶은 생각이 들었다. 막연하게 우리 음악이 좋다고만 말하지 말고 연주 기법이나 악기 변천사 등 음악적 특성에 대한 전문적인 설명을 했어야 한다. 오늘 공연 제목이 〈정악, 깊이 듣기〉가 아닌가?

■ 2019. 3. 15.

너무 무겁지도, 너무 가볍지도 않은 춤

〈시간의 나이〉

LG아트센터는 공연 시작 전의 분위기가 어수선하다. 좁은 로비에 사람들이 바글거리고, 빨리 입장하라는 방송이 나오고, 출입하는 문에서 드나드는 사람들이 어깨를 스치는 경우가 다반사다. 늘 그렇지만 무용 공연에는 젊은 층 관객만 가득 차 있다. 그래서 그런지 활기 있는 대신, 매너가 부족한 느낌을 주는 사람들도 섞여 있다. 공연 시작 직전까지 휴대폰에 코를 박고 들여다보는 젊은이들을 나는 이해할 수 없다.

〈시간의 나이〉는 조세 몽탈보(Jose Montalvo) 안무의 국립무용단 창작무용인데, "기억", "여행의 추억", "포옹"이라는 소제목의 3부로 구성되어 있다. 이 춤에서 전통과 현대의 만남이라는 큰 주제를 소화하기 위해 안무자는 한국무용의 신체적 특성과 운동감의 전통에 자유로운 현대무용의 동작을 접목시켰다. 미술사와 시각예술을 전공한 몽탈보는 프랑스 현대무용을 이끄는 대표적 안무자라는데, 오늘 공연에서는 스크린에 비쳐진 영상을 배경으로 활용하였다. 2016년 국내 초연 이후 한국 전통춤의 매력을 보존하면서 이방인의 시선에서 신선한 해체와 조립 과정을 거쳤다는 평을 받은 이 춤은, 이후 프랑스에 초청되며 국립무용단의 대표적 컨템퍼러리 작품으로 자리매김했다.

1장 '기억'에서는 영상에 비치는 한복 입은 사람들과 현대식 복장의 무용수들이 춤추는 모습이 다소 작위적으로 만든 것 같은 인상을 주기도 했지만, 영상과 무대의 중첩을 통해 전통과 현대의 결합, 혹은 공존이라는 주제를 표현하려는 시도는 신선하고 흥미로웠다. '한량무', '부채춤', '살풀이' 등 전통 복식을 입고 춤추는 영상이 배경에 나오면서 일상복을 입은 무용수들의 춤이 이질적이지 않고 조화롭기란 쉽지 않은 작업이었을 터이다.

2장 '세계여행의 추억'에서는 스크린에 쓰레기 더미가 나오고, 고통 받는 북극곰이 나오면서 환경 문제 등을 다룬 주제가 강한 연출이었다. 〈하늘에서 본 지구〉로 유명한 사진작가 얀 아르튀스 베르트랑의 영상이 배경에 펼쳐져 인류의 미래에 대한 비관적 세계관을 표현한 춤이 주도하였다. 여기서 전해지는 인류와 지구, 미래에 대한 메시지는 진지하고 심각한 것이었다.

3장 '포옹'은 원제목이 볼레로(Bolero)인데 사랑의 기쁨을 표현하는 춤이 중심이었다. 모리스 라벨의 음악 〈볼레로〉와 우리 전통 굿의 대담한 결합, 화려한 색감과 환상적 연출, 경쾌함과 자유로움을 찰나의 시간성 속에 활기 있게 표현한 춤은 감상하는 이에게 즐거움을 주었다. 한국 무용수들의 타악기 연주는 활력 있고 에너지에 충만하였다. 우리 민속의 원시적인 제의(祭儀)에 담긴 욕망을 현대적으로 재해석함으로써 태고의 역동성과 기쁨을 표현한다는 의도를 잘 살렸다고 할 수 있겠다.

과거를 축적해가며 새로운 것을 완성한다는 의미의 이 무용은 주제가 강하고 상상력의 분출이 자유로워 흥미로웠다. 너무 무겁지도 않고 너무 가볍지도 않은 무용이면서, 춤을 보는 재미와 주제를 다루는 메시지 양면에서 일정한 수준을 유지한 무용이었다. 다만 나는 이 춤의 제목 〈시간의 나이〉라는 말은 동어반복인 것 같아 조금 거슬렸다. 차라리 〈시간의 두께〉라든지 〈시간의 무게〉라고 했으면 어땠을까? 3장 '볼레로'는 굳이 '포옹'이라고 우리말로 의역하지 말고 그냥 '볼레로'라고 하는 편이 낫지 않았을까 하는 생각도 든다.

■ 2019. 3. 16.

제4부

쾌활한 서정

굵고 무겁고 깊은 목소리
토마스 크바스토프

토마스 크바스토프가 처음으로 방한하여 목소리를 들려준다니 기대가 컸다. 기대라기보다는 호기심과 궁금증이 앞섰다고도 할 수 있겠다. 장애를 딛고 일어선 인간 승리의 모델, 정상급 클래식 가수에서 느닷없이 재즈 가수가 되어 나타나게 된 사연 등이 세인의 관심을 끌어 신문에 뉴스 거리가 되었다. 나는 그의 목소리가 듣고 싶었다. 음반으로 듣는 기계음이 아닌, 살아 있는 음성을 확인하고 싶었다는 편이 옳겠다.

독일 하노버 인근 할데스하임에서 손과 발이 뒤로 꺾인 채 태어난 그는 손가락이 일곱 개밖에 없는 기형아였다. 임신 중 어머니가 먹은 탈리도마이드 성분의 약물에 의한 부작용 때문이었다. 키 130센티미터에서 성장이 멈춘 그는 정상인이 하는 일을 할 수 없었다. 뛰어난 성악 실력을 가졌지만, 이를 발휘할 기회를 얻기는 쉽지 않았다. 피아노를 칠 수 없다는 신체적 한계 때문에 하노버 음악원에 입학하려던 꿈을 접은 그는 적성에 맞지도 않고 원치도 않는 공부와 일을 할 수밖에 없었다.

스물아홉 살 나이에 뮌헨에서 열린 ARD 음악 콩쿠르에 우승하면서 늦깎이로 데뷔한 그는 유명한 바리톤 디트리히 피셔-디스카우의 찬사를 받았고, 바흐나 헨델의 칸타타에서부터 슈만, 슈베르트 등의 독일 가곡을 부르며 정통 클래식 성악가의 길을 걸었다. 헬무트 힐링이나 클라우디오 아바도와 같은 정상급 지휘자들과 협연한 음반들을 발표한 그의 성악곡들은 '세상을 초월한 목소리'라는 평을 들을 정도로 전설적인 베이스 바리톤의 위상에 올랐다.

21세기 초반, 건강상의 이유로 몇 해의 공백기를 거친 그는 재즈 가수가 되어 다시 나타났다. 클래식 음악을 전문으로 하는 성악가가 그 명성을 이용하여 재즈 가수로 데뷔한 것이 아니라, 전혀 다른 분야의 뛰어난 가수로 선보인 것이다. 나는 재즈 보컬리스트로서의 토마스 크바스토프를 만나보고 싶었고, 그의 노래가 과연 대단한지 확인해보고 싶었고, 그의 노래가 감동적인지 느껴보고 싶었다.

LG아트홀에서의 그의 매너는 자연스럽고 너그러웠으며 여유로웠다. 키가 작아 등퇴장 때 안쓰럽게 걷는 모습을 제외하곤 전혀 장애가 없는 사람 같았다. 그처럼 자신만만하고 안정적이었다. 그의 목소리는 굵고 무겁고 깊었다. 저 작은 사람에게서 어떻게 저런 중후한 음색이 나올 수 있을까 하는 생각이 들 정도로 그의 목소리는 독특한 매력을 지녔다. 무대를 지배하는 우람하고 크고 우렁찬 목소리는 어딘가 투박하면서도 넉넉한 느낌을 준다.

그의 노래는 다정다감한 감정적 윤기가 있고, 인간적인 희로애락이 묻어 있다. 그가 부르는 노래는 형식에 얽매이지 않았다. 재즈라는 음악 양식은 본디 규범적 형식이나 틀에서 벗어나기를 지향하지만, 그가 부르는 재즈는 단순히 즉흥성이나 감정 노출에만 기울어진 것은 아니었다. 인간의 정서와 감정의 내부에 깃든 숨겨진 울림판을 건드리는 것이었다.

〈서머타임〉을 부를 때, 그는 아주 낮은 음에서부터 아주 높은 고음에 이르기까지 넓은 음폭을 활용하면서 속에서부터 끓어오르는 감정을 표현해 낸다. 이건 이전의 어느 누구와도 다른 독창적인 음악적 표현이라는 인상을 받았다. 그는 젊은 시절 프랭크 시내트라를 흠모한 재즈 팬이었다고 하는데, 그의 노래는 프랭크 시내트라의 느낌과는 전혀 달랐다. 동시에 그의 노래에는 인간적 유머가 넘치고 넉넉한 휴머니즘이 느껴졌다. 토마스 크바스토프는 음악가로서 깊이가 있을 뿐 아니라 인간적으로도 폭넓은 사람이라는 인상을 받았다.

나는 그가 장애를 극복하고 훌륭한 가수가 되었다는 인간 승리이야기보다, 정통 클래식 성악가에서 재즈 가수로 변신한 과정에 더 관심이 간다. 그는 세계 정상급 베이스 바리톤 성악가로 활동하면서도 마음 한구석에 무언가 헛헛한 갈증과 욕구불만을 지니고 있었을 것이다. 자유롭게 살고 싶고, 격식에 얽매이지 않고 제 맘대로 살아보고 싶었을 것이다. 이런 생각이나 말을 어느 날 행동에 옮길 때, 그는 다른 세상에 첫발을 내딛는 모험가였을 것이다. 물론 오래전부터 재즈를 연습하고 즐기면서 숨은 실력을 쌓았겠지만, 삶을 바꾸는 일은 쉽지 않았을 것이다.

내 주위에도 마음먹은 대로 살아보고 싶다고 말하는 사람들은 많

지만, 정작 행동에 옮기는 사람은 찾아보기 어렵다. 인생은 망설이기
엔 너무 짧다는 것을 알면서도.

■ 2019. 3. 19.

큐비즘, 문명 지향적이며 과학 지향적인

〈피카소와 큐비즘〉

〈피카소와 큐비즘〉이라는 제목으로 한가람미술관에서 열리는 전시회는 기대에 미치지 못했다. 미술 공부하는 학생들에게 "입체파란 이런 것이다."라고 알려주는 의의가 있는 정도였다. 피카소라는 이름을 전시회 명칭에 내걸었으면 피카소의 대표작들이 나와 있어야 하는데, 그렇지 못했다. 전시장에 나와 있는 그림들은 세잔에서부터 피카소, 브라크, 그리스, 들로네, 레제, 글레즈, 메칭제 등 20여 명의 입체파 화가들의 작품이었는데, 주마간산 격으로 훑고 지나가는 기분이었다. 이러려면 전시회 제목을 〈큐비즘 이해하기〉나 〈큐비즘의 전개 양상〉이라고 해야 할 것 같다.

20세기 초반, 대상을 분해하여 기하학적으로 재구성한 후기 인상주의 화가 세잔의 영향을 받은 몇몇 화가들이 큐비즘을 개척하였다. 세잔식의 원통형이나 원추형의 기하학적 표현에 아프리카 원시미술의 영향이 더해져 대상의 형태를 풀어 단순화하고 표현에 있어서 순수성을 지향하는 그룹이 생겨났다. 피카소와 브라크는 형태를 단순화하여 기하학적 평면으로 축소하며, 도형적 형태만 남긴 그림을 그렸다. 회화에 있어 전통적 단일 시점을 지양하고 다양하고 다중적인 시선을 도입한 것은 낯설고 혁명적인 반전통적 실험이었다. 화가의 분석적 태도와 함께 색채감의 단순화와 색의 축소도 중요한 특징이었다.

창조는 파괴에서 비롯된다는 피카소의 말은 이 사조의 출발점이었다. 전통 규범에 구애받지 않는 자유로운 표현을 추구한 큐비즘은 르네상스 이래 서양 미술사의 가장 획기적인 미술 혁명이었다. 복합적인 화면의 분할과 조합, 오브제의 해체와 재구성 등을 특징으로 하는 이들의 그림은 감성 대신 이성을 바탕으로 한다는 점에서 미술사적으로 새로운 접근방식이었다.

그러나 나는 그들의 그림이 인간의 내면세계를 넘어 영혼세계까지 표현해냈다는 어느 평론가의 말에는 동의하지 않는다. 영혼은 이성으로 분석하는 대상이 아니다. 영혼은 해체하고 재구성하는 것이 아니다. 그림을 작위적이고 인공적으로 만들려고 하는 이들의 태도는 비형이상학적이며 반영혼적이라 해야 옳다. 큐비즘 전시회에 나온 이 그룹의 그림 어느 것에서도 나는 영혼의 울림이나 충격을 표현했다는 느낌을 받지는 못했다. 대신 문명지향적이고 과학지향적인 현대예술의 기초를 놓았다고 하는 의의를 가진다는 점은 인정해야 할 것이다.

오늘 전시회에서 내가 가장 인상적으로 본 그림은 알베르 글레즈(Albert Gleizes)의 〈광대〉와 장 메칭제(Jean Metziger)의 〈우의적 구성〉이었

알베르 글레즈, 〈광대〉

큐비즘, 문명 지향적이며 과학 지향적인

다. 글레즈의 그림 〈광대〉는 강한 붉은색의 전체적 톤이 강렬하면서 원형과 직선을 특징으로 하는 형태와 운동감의 표현이 놀라웠다. 장 메쳉제의 그림 〈우의적 구성〉은 색채감이 충격적으로 강했다. 붉은 색과 흰색을 대비시키면서 중앙에 배치된 인물의 옆얼굴과 구름, 배 등이 기억이나 꿈의 표현을 연상시켰다.

유럽의 큐비즘 미술운동은 1907년경부터 1918경까지이지만 이 그룹의 영향은 현대미술의 방향을 결정지었다. 우리나라에서 근대적 미술 전시회라 할 만한 일제하 조선미술전람회가 처음 열린 것이 1922년이니까, 우리 근현대 미술의 출발이 한참 뒤처졌던 것을 생각해본다. 오늘날 세계 미술의 흐름에 뒤처지지 않고 따라가기까지 우리에게도 천재적인 작가들의 중요한 업적이 쌓여왔음은 다행스러운 일이다.

■ 2019. 3. 20.

반예술 개념, 창조 행위와 권위에 대한 부정과 조롱
〈마르셀 뒤샹전〉

국립현대미술관 서울관에서 마르셀 뒤샹(Marcel Duchamp) 전시회가 열리고 있다. 이 중요한 현대미술가의 전시회를 보러 간 날은 석 달 넘게 진행되는 전시회가 끝나갈 무렵이어서 비교적 한산했다. 관람객은 관심 있는 학생과 젊은이들뿐이고 나 같은 머리 허연 사람은 찾아볼 수 없다. 나는 이해가 되지 않는다. 늙은 사람들은 시간도 많고 바쁜 일도 적을 텐데 전시회나 공연 등에 찾아오지 않는다. 게다가 입장료도 할인해주는 경우도 많지 않은가? 무식해서일까? 아니다. 교양 있고, 지식 많고, 생활에 여유도 있는 노인들이 넘쳐나는 세상이다. 그런데 왜 점잖은 노인들이 연극이나 음악회나 무용 공연이나 미술 전시회에는 찾아오지 않는 것일까? 문화에 대한 비평적 언사를 입에 달고 살면서 생활은 딴판인 것은 생활과 생존 그 자체에만 얽매어 살기 때문일 것이다.

마르셀 뒤샹은 현대미술의 혁명을 가져온 예술가다. 그가 이룬

혁명이란 시각적인 것을 묘사하는 미술이 아니라 개념을 형상으로 바꾸는 미술을 시도한 것이며, 예술작품은 예술가의 새로운 창작이 아니라 기성품에 대한 새로운 명명 작업과 새로운 관점을 부여하는 것이라는 생각에서 비롯된다. 그것은 전통적 예술관에 대한 도전과 파괴의 과정이었으며, 공간에 얽매인 기존 미술의 양식적 관습을 뒤집어 차원을 넓히는 일이었다. 그는 끊임없이 자기변모를 시도하였고, 미술을 바라보는 대중과 관람자들에게 놀라움과 신기함을 주었다.

그는 늘 단독자로 존재하였다. 초기 작품들은 입체파의 일원으로 그 영향권 안에 있었지만 곧 그들과 결별하였다. 그의 생각이나 행동은 다다이즘과 일맥상통했지만 다다이스트는 아니었다. 그는 미래파나 초현실주의자들과 가까웠어도 미래파나 초현실주의자는 아니었다. 그는 어느 그룹의 일원이 되어 그 이념을 실현하는 전사가 되기를 거부했다. 그는 아방가르드였지만, 아방가르드가 고정된 틀에 빠지려 할 때는 가차 없이 떠났다. 그런 뜻에서 그는 진정한 아방가르드라 할 수 있다.

초기 작품 〈수풀〉이나 〈체스 선수의 초상〉을 보면서 나는 그가 오브제를 묘사하는 것 이상의 어떤 것을 표현하는 데 더 관심이 있다고 생각했다. 대상의 기하학적 분해와 재구성 등은 큐비즘적 요소를 지녔지만, 전혀 아름답지 않은 여인을 모델로 심리적 실재를 표현하는데, 초기작부터, 관심을 보였다. 그림에 대한 기교나 기술보다는 사고나 개념을 중시하는 그의 생각은 예술적이지 않은 예술을 만들겠다는 쪽으로 발전하였고, 첫 번째 '레디메이드' 작품 〈자전거 바퀴〉를 제작하였다. 나무의자와 자전거 바퀴를 결합한 이 작품은 기성품이라도 예술가가 선택하고 조합하면 예술작품이 될 수 있다는 당돌한 시각에 근거한 것이었다. 예술가의 창작 행위란 작품을 창작하는 것이 중요한가, 작가의 창의적인 아이디어가 중요한가 하는 문제는 이후 심각한 논쟁의 과정을 거치게 되지만, 뒤샹의 시각이 현대예술의 판도를 흔들어놓은 것은 부인할 수 없는 일이다. 나는 이러한 뒤샹의 생각에 전적으로 동의하지는 않지만, 현대예술은 내가 좋아하거나 원하는 방향으로만 전개되는 것은 아니지 않은가?

나는 이 작품 〈자전거 바퀴〉도 그렇지만, 저 유명한 레디메이드 작품 〈샘〉도 실제로 보니 그 크기가 작은 것에 놀랐다. 〈샘〉에 얽힌 에피소드는 20세기 전반의 문화적, 예술적 풍토를 반영한다. 뉴욕 독립미술가협회에서 예술에 무제한의 자유를 허용한다는 의미에서 누구에게나, 어떤 작품에게나 전시 기회를 주겠다는 구호를 내걸고 공모한 전시회에 뒤샹은 무트(R. Mutt)라는 가명으로 〈샘〉이라는 제목의 기성품 소변기를 출품하였다. 이 작품은 끝내 전시되지 못했고, 사진으로만 남았다. 기성 관념의 벽은 뒤샹에게 비웃음을 살 만했다.(어느 세미나에서 뒤샹이 출품한 기성품 소변기를 본 관객들이 충격을 받았다고 말하는 발표자를 본 적이 있다. 이 물건이 전시되지 못했다는 것을 알지 못한 채 유식한 체하는 태도는 딱하기만 했다.)

예술에 대한 선입견과 고정관념을 부정하는 반예술 개념, 예술가의 천재적 개성과 창조 행위에 대한 절대적 신념의 부정, 원본의 파괴나 변형, 신화적 권위에 대한 조롱 등은 오늘날 포스트모더니즘의 이론적 근거가 되고 있지 않은가? 그의 대표작 〈독신남들〉(원제목 〈그녀의 독신남들에 의해 발가벗겨진 신부, 조차도)〉〈큰 유리〉〈에탕 도네〉 혹은 이동식 미술관을 만든 〈여행가방 속 상자〉 같은 작품을 보면 그가 우연의 발견과 기성품의 도입뿐 아니라, 기하학이나 광학, 공학 등 현대 과학기술에 큰 관심을 가지고 있었음을 알 수 있다. 이러한 기계적 상징들은 미술과 미술 아닌 것의 경계를 애매하게 만든다. 그는 미술을 부정한 미술가였다.

그는 또 전문적 체스 선수였고, 엘로즈 셀라비(Rrose Selavy)라는 여성 자아를 만들어 다중의 성적 정체성을 지니고 활동하기도 했다. 여장을 한 뒤샹의 사진을 보면 어딘가 이쁘기도 하고 징그럽기도 하다. 남성이면서 여성을 꿈꾸거나 여성이면서 남성을 꿈꾸는 일, 이 양성 혼합적 성정체성을 나는 이해할 수 없다.

전시회장을 나오면서 나는 잠시 혼란에 빠진다. 이 과격한 천재에 대하여, 그 놀라운 파격성에 대하여, 그리고 그가 이룩한 변화와 그가 미친 예술사적 영향에 대하여 생각한다.

■ 2019. 3. 21.

기교적 안정성과 사색적 깊이

제주도립오케스트라의 브람스와 베토벤(교향악축제 1)

해마다 4월이면 예술의전당에서 교향악축제가 열린다. 전국 규모의 이 행사는 참여하는 교향악단 수가 20여 개에 가깝다. 금년이 30주년이 되는 해니까 이미 상당한 연륜이 쌓인 셈이다. 우리나라 음악인구의 저변이 그만큼 확대되었고, 질적 수준도 상당히 높아졌음을 방증하는 일이다. 클래식 음악이 소수의 교양인 계층에만 애호되는 시대는 지나갔다.

나는 연주를 가려 듣는 편은 아니다. 연주가보다는 어떤 작곡가의 어느 곡을 연주하는가를 주로 살핀다. 대부분의 지방 교향악단도 일정한 수준의 연주 실력을 갖고 있어서 연주회장에서 실망하는 일은 거의 없는 편이다. 오늘 교향악축제의 첫날 공연은 제주도립오케스트라의 브람스 피아노 협주곡 1번과 베토벤 교향곡 5번 연주였다. 자주 들어 귀에 익숙한 곡이고, 언제 들어도 깊은 울림을 주는 음악이다.

지휘자 정인혁은 젊고 패기 있고 자신감에 넘쳤다. 도전적인 태도와 열정적인 자세, 단정하면서 정확한 포즈가 인상적이었다. 나는 특히 지휘봉을 잡지 않은 그의 왼손 움직임에 매료되었다. 부드럽게 흐르는 리듬감, 적절하고 확실한 지시, 자신만만한 강약 조절이 그의 왼손에서 우러났다.

브람스의 피아노 협주곡 1번을 협연한 이진상은 훌륭한 피아니스트였다. 화려한 수상과 연주 경력이 무색하지 않았다. 그의 음악은 기교적인 안정성과 사색적인 깊이를 겸비하고 있어 흠잡을 데 없었다. 아주 낮은 소리에서부터 아주 강한 음역에 이르기까지 그가 빚어내는 소리는 명료하고 분명했다. 섬세한 감성과 날카로운 지성이 그의 음악을 버티게 하는 힘이라는 느낌을 받았다. 부분적으로는 유려하기도 하고 화려하기도 한 그의 사운드가 단순한 기교의 차원을 넘어서는 것은 지성과 감성의 조화 때문일 것이다. 그는 또 독일에서 스타인웨이 피아노 제작 과정을 공부하기도 한 이력이 있다. 악기를 사랑하고 연구하고 탐구하는 일은 그만큼 악기, 혹은 악기가 빚어내는 소리에 심취했었다는 말이기도 하고, 완벽한 소리에 대한 호기심과 열정이 있기 때문이기도 할 것이다. 이런 성실한 자세는 한 사람의 음악가로서 성장의 동력이 되었을 것이다.

베토벤 교향곡 5번 〈운명〉은 워낙 유명한 곡이니 새로운 음악을 만들기가 더 어렵지 않았을까 생각된다. 나는 오늘 브람스의 피아노 협주곡 1번이 지닌 사색적 깊이에 빠져들었다. 대담한 선율감과 내면적 사색의 흔적이 배어나오는 음악은 브람스 특유의 세계라 할 수 있다. 다소 어둡고 침울하며 황량하기까지 한 1악장과 숭고하고 신성한 명상의 세계로 이끄는 2악장의 분위기는 형이상학적인 엄숙미를 지니고 있다. 이 음악의 깊은 맛을 실감하게 된 것은 오늘 연주회에 온 소득이라 할 수 있겠다.

■ 2019. 4. 2.

둥글고 따뜻하고 밀도 있는 연주

KBS오케스트라의 멘델스존과 말러(교향악축제 2)

KBS교향악단의 프로그램은 멘델스존의 바이올린 협주곡과 말러의 교향곡 1번 〈거인〉이었다. 첫머리의 짧은 곡은 모니우슈코(Moniuszko)의 오페라 〈할카(Halka)〉 서곡이었는데, 잘 모르는 곡이어서 할 말이 없다. 교향악단의 지명도 때문인지 객석을 가득 메운 청중들의 열기가 뜨거웠다.

멘델스존의 바이올린 협주곡은 우아하고 귀족적이면서 여성적인 부드러운 멜로디가 매혹적인 곡이고, 워낙 대중적인 인기가 많아서인지 오늘 연주에서도 객석의 호응이 열광적이었다. 협주자 윤소영은 자신만만하고 능란한 연주를 자랑하는 바이올리니스트였다. 서정적이고 아름다운 선율을 이끌고 가는 그녀의 바이올린 요리 솜씨는 부드럽고 섬세했다. 지나치게 몸을 흔드는 동작이 눈에 거슬리기는 했지만, 아주 낮은 음에서부터 아주 강한 음까지 그녀가 빚어내는 소리의 결은 둥글고 따뜻했다. 밀도 있는 연주였고 깊이 있는 연주였다.

요엘 레비(Yoel Levi)가 지휘한 말러의 교향곡 1번 〈거인〉은 유려하면서 화려했다. 조용히 귀 기울여 들어야 하는 느리고 신비로운 서주부에서부터 전원적이고 낭만적인 색채의 첫 악장은 신선하고 평화롭고 생기 있는 음악이었다. 이 곡의 마지막 4악장의 강인하고 힘찬 음의 세계는 늘상 나를 매혹시킨다. 강렬한 불협화음과 빠르게 질주하는 현악기의 반복적 트레몰로(tremolo)와 금관악기의 화려한 음색은 이 곡의 클라이맥스를 이룬다. 종결부의 환희와 승리의 테마를 연주하는 대편성의 악단이 빚어내는 합주음은 에너지에 넘치고 감동적이며 깊은 감정적 여운을 남긴다.

나는 연주 기법이나 악곡의 해석 문제에 대해 자신 있게 논할 만한 음악 감상 수준이 못된다. 다만 음악이 내게 주는 느낌과 인상을 받아들일 따름이다. 두 달 전에 다른 교향악단이 이 곡을 연주하는 것을 들었지만 그 둘을 비교하여 평가할 만한 비평적 감식력은 없다. 다만 둘 다 훌륭한 연주였고 감동적인 표현이었고 보람 있는 음악 감상이었다는 것으로 만족한다. 얼마 전 LA필하모닉의 구스타보 두다멜(Gustavo Dudamel)이 지휘한 말러의 교향곡 1번 〈거인〉 연주에도 관심이 있었지만, 나는 다른 일정이 있어 기회를 놓쳤다. 그러나 별로 아쉽지는 않다. 오늘 연주회에 참석한 것만으로도 만족하기 때문이다.

■ 2019. 4. 3.

음악을 요리하는 일과 음악을 따라가는 일
원주시립교향악단의 시벨리우스와 브람스(교향악축제 3)

연주가 끝나자마자 무조건 '브라보!' 하고 외치는 청중의 심리를 나는 이해할 수 없다. 좋은 연주를 듣고 감동에 겨워 자연스레 터져 나오는 함성이 '브라보!'다. 이것은 단순히 수고했다는 뜻으로 하는 인사가 아니다. 이토록 기막히게 아름다운 음악을 들려주어 행복한 시간을 보냈다는 감격의 함성이다. 간혹 이 외침이 클래식 음악회니까 거기 어울리는 고급의 매너를 '브라보!'라는 말로 보여주어야 한다고 작정한 사람들이 함부로 내뱉는 인사말처럼 들리는 경우가 있다.

또 모든 생음악 연주가 음반으로 듣는 기계음보다 한 수 위라고 단언할 수도 없다. 음반으로 레코딩된 기계음보다야 연주회장에서 듣는 음악이 생생하게 살아 있는 음악이기는 하다. 그러나 연주회의 질적 수준이라든가 연주자의 능력을 살펴 거기 어울리는 평가가 전제되어야 할 것이다. 더욱이 음반으로 듣는 음악은 보통 제1급의 연주자가 최선의 조건에서 녹음한 것이니까 연주회장에서보다 더 우수한 것이 사실이기도 하다. 이런 생각을 하며 오늘 연주회장을 빠져나왔다.

시벨리우스의 바이올린 협주곡을 연주한 협연자는 음악을 요리하는 것이 아니라 음악을 따라가려 노력한다는 인상을 주었다. 잘못된 구석이 보이는 연주는 아닌데 왜 감성적 충격이 빈약하다는 느낌을 받을까? 음악평론가도 아니고 이 방면 전공자도 아니니 내 생각이 잘못된 것일지도 모르겠다. 그렇잖으면, 이 곡은 내가 너무나 좋아하는 곡이어서 세계 최고의 연주자들의 음반을 너무 많이 들었기 때문에 무의식적으로 그들과 비교하기 때문인지도 모르겠다. 그러나 외국에서 인정받았다는 연주자의 화려한 경력에 기가 죽어 내 판단이 흐려지는 것은 아니다.

브람스의 교향곡 1번을 들려준 교향악단의 연주는 무리가 없었다. 젊고 탄력 있는 지휘자는 음악을 정확하고 모범적으로 빚어내려 애썼다. 끈끈하고 질기고 고뇌에 찬 브람스의 음악은 갈등과 화해, 어둠과 밝음, 사색과 서정, 우울과 환희의 양면성을 지니고 있다. 음악 속에서 철학적이고 사색적인 사유의 흔적을 더듬어 읽는 일은 클래식 음악 연주회장에서 느끼는 소득이기도 하다.

■ 2019. 4. 6.

가을 나무 그림자처럼
스위스 로망드 오케스트라의 슈만과 말러

    롯데콘서트홀에서의 연주회 시작 전에 반가운 얼굴의 대학 동창을 만났다. 한껏 정장을 차려입은 부부는 음악회의 문화적 분위기에 어울리게 고상한 저녁을 즐기기로 작정한 듯하다. 허름한 복장에 혼자 음악회장을 기웃거리는 나는 거기 비하면 조금 쓸쓸한 사람 같았다. 그들이 꽃 같다면 나는 나무 같다는 생각이 들었다. 바람에 건들거리는 나무, 우듬지에 햇살 조금 비치고 희미한 그늘을 홀로 즐기는 나무가 아닐까, 하는 생각이 들었다. 지금은 고인이 된 김영태 시인이 『시인의 초상』이라는 에세이에서 "조창환 형은 실내악의 밤, 소나타의 밤, 듀오 연주회 때 공연장에 나타난다. 시간이 남아 담배를 뻑뻑 피우고 있는 예술의전당 로비 의자 뒤로 그가 가을 나무 그림자처럼 문득 출몰한다."라고 쓴 적이 있다. 그가 이 글을 쓴 지 벌써 30년이 지났으니 나는 그제나 이제나 변함없이 가을 나무 그림자처럼 살고 있나 보다.

조나단 노트(Jonathan Nott)가 지휘한 스위스 로망드 오케스트라는 그 명성에 걸맞게 최상급의 연주를 선사하였다. 교향악단이 빚어내는 소리가 우아하고 귀족적이면서 탄력이 있었다. 이런 사운드를 들려주기란 쉬운 일이 아닐 터이다. 단원들의 기량과 지휘자의 연출력이 잘 어울린 고상한 무대였다.

슈만의 피아노 협주곡 A단조를 협연한 손열음의 피아노 소리는 깨끗하고 투명했다. 낭만적이고 시적인 이 음악을 요리하는 피아니스트의 손길은 섬세하고 다채로운 서정성을 잘 살려냈다. 강한 관현악의 충격에 이은 리드미컬한 서정적 아름다움은 이 곡 전반부의 분위기인데 이걸 잘 표현하였다는 느낌을 받았다. 부드럽고 나긋나긋한 중간 부분을 거쳐 활기차고 당당한 선율의 종반부에 이르기까지 피아노 솔로와 관현악 튜티의 조화로운 화음은 흠잡을 데 없었다.

구스타프 말러의 교향곡 6번 〈비극적〉은, 연주 시간이 1시간 20분에 이르는 대작으로, 염세적이고 드라마틱한 교향곡이다. 금관악기와 타악기를 총동원하여 강인하고 격앙되고 거칠고 비장한 으르렁거림을 들려주는 교향곡에 '비극적'이라는 이름이 붙은 것은 조금 빗나간 것이 아닐까, 하는 생각이 들기도 한다. 차라리 '영웅적'이라면 어떨까? 그러나 비극의 주인공이 영웅이고, 영웅전의 결말을 비극으로 끝맺는 서양 문학의 전통에 비추어 그다지 잘못된 이름도 아니겠다는 생각이 들기도 한다. 투쟁적이고, 불안하고, 위협적인 상황에 맞서 처절하게 쓰러지는 서사적 흐름을 지닌 이 악곡의 클라이맥스는 나무망치로 내려치는 4악장의 후반부다. 희망과 절망 사이, 단호하게 결단하고, 운명 혹은 죽음에 맞서 부딪쳐 쓰러지는 영웅, 혹은 초인의 이미지는 이 음악을 작곡한 말러의 인생관이 반영된 철학적이며 사색적인 정신을 표현한 것으로 보인다.

지휘자 조나단 노트는 정확하고 단단한 포즈로 강인하고 다부지고 치열하게 교향악단의 사운드를 이끌어갔다. 그의 왼손은 단호하게 지적하고 오른손은 리드미컬하게 균형 있는 템포를 유지하였다. 간혹 유려하게, 간혹 화려하게, 간혹 폭발적으로 악단 전체의 소리를 유도한 후, 곧 평정과 균형과 질서를 회복하게 하는 지휘자의 모습은 안정적이면서 카리스마가 넘쳤다. 조나단 노트의 진면목을 발휘한 지휘였고, 오래 잊히지 않을 인상적인 지휘였다.

음악은 감성에 호소하는 양식인가, 이성에 호소하는 양식인가에 대해 반추해보는 저녁이었다.

■ 2019. 4. 7.

흔들리는 심리, 동경과 불안과 질투와 집착

〈나의 작은 시인에게〉

대학의 평생교육원에서 시를 배우는 주인공 리사는 유치원 교사인데 예술적 재능이 없다. 우연히 자기가 가르치는 유치원생 지미가 시를 중얼거리는 것을 본 그녀는 이 아이에게 천재적인 재능이 있음을 알아차린다. 어린 지미의 시를 받아 적어 자기 것인 양 발표한 그녀는 시창작 교실에서 호평을 받지만, 자신의 거짓된 행동에 대한 가책으로 복합적인 불안한 심리에 빠져든다. 이후 사실이 탄로난 그녀는 천재적 소질을 지닌 아이에 대한 질투와 집착으로 어린 지미를 납치했다가 파탄에 빠진다.

영화는 주인공 리사의 심리적 복합성에 초점을 맞춰 섬세하고 미묘하게 흔들리는 중년 여성의 불안과 욕망을 그린다. 떠오르는 대로 시를 뱉어내는 천부적인 소년 지미에 대한 집착과 자신에게는 없는 예술적 재능에 대한 동경 사이의 심리적 방황이 이 영화의 볼거리다. 유치원 교사와 어린 학생 사이의 불안하지만 흥미를 끌어당기는 유대관계와 그로부터 야기되는 극단적인 사건들이 가져오는 스릴러적 요소가 이 영화의 독특한 매력인데. 주인공 리사와 소년 지미의 연기는 잔잔하면서 깊다.

칸 영화제에서 주목받은 이스라엘 영화 〈시인 요아브〉를 원작으로 사라 코랑겔로 감독이 만든 이 영화는 극중 인물 '리사'의 캐릭터에 몰입한 매기 질렌할의 연기와 어린 지미 역의 파커 세박의 침착하고 은근한 연기가 돋보인다. 절제되고 섬세하며 복합적인 표정을 지닌 매기 질렌할과 무덤덤하지만 사랑스럽고 평범하지만 재능 있는 소년 역을 소화한 파커 세박의 모습은 인상적이다.

그러나 이 영화는 시에 관한 영화가 아니다. 시인이 되고 싶은 욕망을 충족시키지 못한 불안과 갈망을 바탕으로 비이성적 행동에 빠져드는 중년 여성에 관한 심리 스릴러 영화다. 여주인공의 아슬아슬한 심리적 줄타기는 시종 긴장감을 불러일으키지만, 영화가 시적인 분위기를 지니거나, 시적인 묘사나 은유를 사용하거나, 시에 대한 논의를 하고 있지는 않다. 시가 아니라 그림이나 음악이라도 상관없다. 예술을 통해 일상의 굴레를 벗어나고, 살아 있음을 느끼고, 더 나은 다른 사람이 되고자 하는 욕망과 그 욕망이 좌절되었을 때의 일그러지고 부조화된 삶의 모습에 관한 것이다.

이 영화의 원제목이 〈*The Garten Teacher*(유치원 교사)〉인 것을 보아도 이런 사정을 짐작할 수 있다. 이 제목을 〈나의 작은 시인에게〉라고 의역한 번역자의 의도는 이렇게 바꾸면 좀 더 그럴듯해 보여서 흥행에 도움이 될 것으로 여겼겠지만, 천만의 말씀이다. 영화 내용과도 맞지 않고, 흥행에도 도움이 될 턱 없다.

그래도 영화 속의 주인공 소년 지미가 지은 시는 인상적이다. "황소가 뒤뜰에 홀로 서 있다/캄캄한 어둠 속에/문을 열고 한 걸음 다가갔다/바람은 나뭇가지를 스쳐 가고/소는 푸른 눈을 들어 나를 봤다/살기 위해 몰아쉬듯 계속 숨을 뱉었다/그런 소는 필요 없다 난 어린 소년이니⋯⋯/그렇다고 말해줘/어서 그렇다고 말해 주렴."(「황소」) 이런 시를 다섯 살 박이 어린이가 지을 수는 없지만, 어떻든 괜찮은 시가 아닌가? 비유도 있고, 이미지도 있고, 힘도 있지 않은가? 칙칙하고, 시와 관계되는 이야기를 기대했지만 헛수고였다는 데 대한 실망감도 있었지만, 시간 아깝지만은 않은 영화였다.

■ 2019. 4. 10.

흔들리는 심리, 동경과 불안과 질투와 집착

창극과 경극, 두 장르의 화려한 결합

〈패왕별희〉

　중국의 경극 〈패왕별희〉를 국립창극단에서 창극으로 만들어 공연한다니 관심이 갔다. 어떻게 만들었을까? 경극은 화려한 복장과 인공적 분장을 바탕으로 시각적 효과를 우선시하는 데 비하여 창극의 판소리는 자연스러운 감정적 호소력을 바탕으로 한 청각적 효과를 중시하는 양식이다. 경극은 여러 등장인물이 연극적 배역을 맡아 연출하는 극의 양식임에 비하여 판소리는 한 사람의 가창자가 노래하는 음악의 한 양식이다. 경극은 장면 중심의 연출임에 비하여 판소리는 서사적 흐름을 중시하는 양식이다. 오늘날 창극은 판소리와 달라서 여러 사람이 배역을 나눠 맡아 노래하는 연극의 한 형식으로 바뀌었지만, 판소리의 본질을 유지하는 음악적 연극이어서 일종의 뮤지컬 드라마라고 할 수 있기는 하다. 그렇다 하더라도, 이처럼 이질적인 두 양식을 결합시키기란 쉬운 일이 아닐 터이다.

　국립창극단의 창극 〈패왕별희〉는 중국의 우싱궈(吳興國)가 연출,

린슈웨이(林秀偉)가 극본과 안무를 맡고, 한국의 이자람이 작창(作唱)과 음악감독을 맡았다. 배역은 판소리를 전공한 국립창극단 단원들이 맡았는데, 주인공 항우 역은 객원으로 참여한 정보권이었다.

극은 대륙적 스케일의 웅대하고 큰 규모의 연출력을 바탕으로 우리 판소리 가락의 높은 음정의 절절한 목청이 살아 있는 소리를 들려주었다. 내레이터를 겸한 맹인 노파 역의 김금미는 소리가 미끄러지지 않으면서 청이 높고 막힘이 없었다. 극의 시작부터 놀라운 발성으로 무대를 휘어잡았다. 앞으로 전개될 비극적 내용을 암시하면서 영웅적이고 비극적인 스토리의 분위기를 잡아나가는 솜씨는 일품이었다. 우희 역의 김준수는 이 드라마가 발굴한 특별한 소리꾼이었다. 중국의 경극처럼 여성 역을 맡은 남성 연기자인데 섬세하고 미묘한 손짓, 몸짓, 동작이 경극 비슷한 분위기를 만들어 보여주었다. 발성과 소리가 배역에 어울려 매혹적이기까지 했다. 항우 역의 정보권도 훌륭한 배우였다. 남성적이고 우렁찬 소리가 영웅적인 인물의 재현에 썩 잘 어울렸다. 허종열(범증 역), 유태평양(장량 역) 등도 대단한 연기력을 보여주었다. 판소리 가락이 느껴지면서 연극적 표현에 무리가 없었다. 연기자들의 열의가 극 전체를 후끈하게 덥히는 무대였다.

화려하고 소란스러운 분위기는 중국 연극이나 오락물에서 흔히 만나는 볼거리가 많은 요란한 연극적 연출을 보여주었다. 경극의 오락적 요소를 판소리 가락에 얹어 재현한 듯한 무대였다. 문제는 이 연극이 비극적 장엄함보다는 화려하고 웅대한 연희적 즐거움에 더 치중한 느낌을 준다는 데 있다. 몽환적인 분위기, 중국적 검무의 춤동작, 화려한 의상 등이 어울려 무용, 연극, 음악이 함께 빚어내는 종합예술다운 무대를 만나보는 일은 즐거움이었다. 반면 심각한 철학적 사색이라든가 비극이 주는 정서적 충격은 오히려 부차적인 것으로 처리된 점은 아쉬움으로 남았다.

이러한 공연이 지니는 의의는 무엇일까? 판소리의 현대화, 판소리를 바탕으로 한 창극의 길을 넓히는 데 기여하는 것일까? 아니면 경극의 세계화, 중국 경극의 영역을 다른 장르에 접합시켜 동아시아 전체의 즐길거리로 확대하는 데 기여하는 것일까? 양쪽 모두에 의의가 있겠지만, 이 〈패왕별희〉는 아무래도 경극의 영역을 넓히는 데 이바지하는 의의가 더 큰 것 같다고 느낀 점은 아쉬움이었다. 이런 실험적 노력이 이어져 다음에는 우리의 〈춘향전〉을 경극으로 제작해보는 것은 어떨까? 그래야 판소리를 바탕으로 한 창극의 영역을 확대하는 일이 제대로 완성될 것 같다. 서로 다른 장르를 결합시키는 일은 그만큼 조심스럽고 아슬아슬한 일이다.

■ 2019. 4. 12.

바다의 묘사와 쾌활한 서정

드뷔시, 크라, 슈베르트(서울 스프링 실내악 축제 1)

매년 봄 4월에 열리는 서울 스프링 실내악 축제가 벌써 열네 번째
가 된다. 해마다 한두 번씩은 명품 실내악을 감상하러 가곤 했으니,
금년에도 두 번쯤 관람하러 가기로 일정을 짰다. 세종체임버홀, 예술
의전당과 롯데콘서트홀, 윤보선 고택 등 여러 장소에서 열리는 이 실
내악 페스티벌은 자주 연주되지 않는 소편성의 실내악곡들을 연주하
는 귀하고 흔치 않은 기회다. 금년에는 특별히 '음악과 미식(Music and
Gastronomy)'이라는 주제로 여러 가지 레스토랑의 메뉴를 연상시키는
곡들을 날짜별로 배열하여 흥미를 돋우었다. 장난스럽기도 하고 얄
은맛의 재미도 있다.

오늘 프로그램은 해산물 요리(Seafood)라는 별칭을 붙여 바다를 주
제로 한 실내악곡들을 선정해놓았다. 드뷔시의 〈네 손을 위한 작은
모음곡〉 중 〈조각배로(En Bateau)〉와 〈두 대의 피아노를 위한 바다〉,
장 크라(Jean Cras)의 〈하프, 플루트, 바이올린, 비올라, 첼로를 위한 5

중주〉, 그리고 슈베르트의 피아노 5중주 〈송어〉였다.

드뷔시의 첫 곡은 소품이어서 편안하게 즐기기에 적당한 곡이었다. 서정적이고 맑게 흔들리는 선율은 다정다감하고 매혹적이다. 일렁이는 물결을 묘사하는 이 인상주의 음악가의 솜씨는 시적이라 할 만하다. 유명한 곡 〈바다〉는 드뷔시다운 묘사적이고 표제음악적인 음의 향연이라 할 수 있다. 바다의 구체적 묘사들이 출렁이고 흔들리는 바다의 인상을 추상화된 음악으로 재현해낸 명작이다. 오늘 연주에서는 2악장 '바람과 바다의 대화' 부분만 두 대의 피아노로 연주하였는데, 리드미컬하고 장대하며 변화가 많은 묘사와 제스처로 바다의 인상을 창조하였다. 파스칼 드봐이용(Pascal Devoyon)과 리카코 무라타(Ricako Murata)의 피아노 연주는 이런 드뷔시의 음악적 특질을 잘 표현하였다. 건반을 어루만지는 솜씨가 편안하면서 자유로웠다. 이들 두 사람은 자연스럽게 우러나오는 만족감과 즐거움으로 음악을 다루었다. 피아노 음이 선명하고 맑으면서 평화롭고 안온했다. 사실 묘사적이니 선율적이니 하는 말은 작곡에 대한 설명일 뿐, 음악의 연주 그 자체에는 유려한 추상적 아름다움이 전달될 따름이다. 실내악다운 실내악을 감상하는 일은 즐거움이었다.

장 크라의 〈하프, 플루트, 바이올린, 비올라, 첼로를 위한 5중주〉도 훌륭했다. 장 크라는 해군에 복무하는 전통을 지닌 가문에서 태어나 해군사관학교를 졸업하고 해군 소장까지 진급한 프랑스 해군의 엘리트였다. 작곡가 림스키 코르샤코프 역시 해군 장교로 복무한 경력이 있지만, 장 크라는 군대에 남아 최고위직까지 오른 본격적 군인이었다. 음악 수업이 충분치 못했고 음악에 몰입할 시간도 부족하여 많은 곡을 남기진 못했지만, 그는 고상한 교양인이었고 지성적 작곡가였다. 나는 그의 음악을 실제 연주하는 것을 처음 듣지만, 그의 이 음악은 은근한 신비감과 풍부한 이미지를 지닌 다채로운 색채감을 보여주었다. 이 음악이 지닌 낭만적 그리움이나 동경의 감정은 그가 바다를 바라보면서 경험한 명상의 표현일 것이다. 때로는 센티멘털하고 때로는 활기차며 때로는 애상적이며 때로는 낙관적인 느낌을 주는 그의 음악은 서사적이기보다는 서정적이다. 이미지가 풍부하고 세련된 감수성이 묻어나는 그의 음악은 밝으면서도 사색적이었다. 훌륭한 연주자들의 노련한 연주는 이 곡의 풍성한 감성을 무리 없이 표현하였다. 특히 이자벨 모레티(Isabell Moretti)의 하프 연주는 편안하고 능숙했다. 자신만만하지만 거만하지 않은 태도로 자신의 부분을 이끌어갔다. 윤혜리의 플루트 연주도 선명하고 밝은 선율감으로 현악기의 유려한 음과 잘 어울렸다.

슈베르트의 피아노 5중주 〈송어〉는 악기 편성이 독특하다. 피아노, 바이올린 두 대. 비올라, 첼로의 일반적 편성 대신 바이올린 하나와 더블베이스로 되어 있다. 유명한 슈베르트의 가곡 〈송어〉의 주제 멜로디가 여기저기 변주되어 흐르면서 전체적으로는 경쾌하고 밝은 느낌을 준다. 이 음악은 활기와 명랑함, 다채로움과 유쾌함으로 가득 찬 19세기 상류층의 흥겨움과 멋을 함께 즐기는 기분이 든다. 익숙하고 자유롭고 편안한 즐거움이기도 하다. 피아노와 현악기 음들이 잘 조화되어 안정된 만족감을 선사하는 연주자들의 능력은 찬사를 받을 만하다.

이렇게 음악을 요리하는 유능한 연주자들이 많은 우리나라는 꽤

살 만한 나라가 아닌가? 정치하는 사람들만 없다면 우리나라의 문화
적 수준도 부끄럽지 않을 것이라는 생각이 든다.

■ 2019. 4. 28.

근대 수묵화의 두 거장

〈한국화의 두 거장 청전, 소정전〉

경복궁 옆 현대갤러리에서 청전(靑田) 이상범(李象範)과 소정(小亭) 변관식(卞寬植)전이 열리고 있다. 지난번 찾아왔을 때는 마침 월요일이어서 미술관이 휴관이었다. 하릴없이 경복궁 안을 기웃거리다가, 밖으로 나와 한복 입고 돌아다니는 외국인 관광객들 구경이나 하다가, 서촌 취천루에 가서 물만두를 먹고 돌아갔다. 꽃무늬 수 넣은 국적 불명의 이상한 한복을 입은 중국인인지 동남아인인지 알 수 없는 사람들이 스마트폰으로 궁궐 문을 배경으로 사진 찍는 모습이 별로 좋아 보이지 않았다. 저 철없는 관광객들 상대로 돈벌이하겠다는 것까지야 말릴 수 없겠지만, 한복의 우아한 품위를 땅에 떨어트리기로 작정한 이런 풍속은 언제까지 계속되어야 할 것인지 민망한 생각이 들었다.

마음먹고 찾아온 오늘은 미술관이 한가하다. 이 동네는 별로 변한 것이 없다. 사간동 뒷골목 어딘가 한학자 우전(雨田) 신호열(辛鎬

烈) 선생 댁이 있어 젊은 날 한문 배우겠다고 몇 번 드나든 생각이 난다. 신호열 선생은 청명(靑溟) 임창순(任昌淳) 선생과 함께 우리 한문학의 대가셨다. 꼿꼿한 선비의 풍도를 지닌 분이었다. 몇 해 전 관훈동 쪽에서 청전, 소정 전시회가 열려 가본 적도 있고, 화집에서도 많이 본 그림들이지만 여전히 청전과 소정의 그림은 시간 내어 찾아가 볼 만한 가치가 있다.

소정 변관식은 금강산을 많이 그렸다. 그는 금강산의 아름다움, 특히 그 장엄미에 매료된 화가였다. 그는 금강산을 그릴 때 바위의 생김생김과 물 흐르는 방향과 세기까지 기억하여 그린다고 말한 바 있다. 8년 세월을 금강산을 답사하였고, 이후 30여 년간 금강산을 그렸으니 그를 일컬어 금강산의 화신이라 할 만하다.

소정의 산수화는 조선조 마지막 화원인 조부 조석진(趙錫晉)의 화풍을 이어받아 심산(心汕) 노수현(盧壽鉉), 청전 이상범과 함께 근대 한국화의 기반을 마련하였다. 어둡고 컴컴하며, 짙고 강인하면서 거친 분위기의 그림은 적묵과 파선을 주로 하여 두껍고 무거운 느낌을 자아낸다. 그의 초기작들은 화원풍의 전통에서 크게 벗어나지 못해 관념적 느낌을 주지만, 실경 사생을 위주로 한 중기 이후에는 향토색 짙은 우리나라 풍경을 화폭에 담아냈다. 안개 낀 산촌의 풍경과 느리고 하염없는 인정을 담은 그의 그림은 노장적(老莊的) 자연의 모습에 가깝다. 소정의 그림을 보면서 강건한 정신력을 느끼게 되는 것은 그가 표현하는 두껍고 둔탁한 필치 때문인 것으로 보인다. 소정의 산수화는, 그러나, 어딘지 모르게, 근대적 감각에 둔감한 느낌을 준다. 근대적 변화보다는 전통적 양식을 고수한다는 인상을 주는 점에서 그는 보수주의자에 가깝다.

심전(心田) 안중식(安中植)의 제자 청전 이상범은 소정과는 어딘가 다른 화풍을 보여준다. 청전의 산수화는 보다 세련되고 모던한 느낌을 준다. 갈필로 슥슥 그어 내린 붓질의 흔적은 날카로우면서 섬세한 필치를 보여준다. 메마른 붓질인데 그림 전체는 서정성의 옷을 입고 있다. 농촌의 풍경을 그리되 대상에 대한 정서적 접근이 인간적이며 시적이다. 야트막한 언덕과 풀밭, 소 끌고 가는 농부와 적막한 초가집……, 외롭지만 비관적이지는 않은 그의 풍경화는 그의 그림이 지닌 휴머니티다.

청전의 산수화에는 옅고 깊은 먹의 농담(濃淡)에서 우러나는 리듬감이 있다. 청전의 산수화에는 황량함에 가까운 고요함이 있다. 청전의 산수화에는 은은하고 소슬한 향토미가 서려 있다. 그의 그림의 특징인 황량한 분위기와 짧은 붓질은 일본 남화풍의 영향일지 모른다는 비평적 견해도 있다. 나는 일본 그림에 대해 잘 모르지만 그럴 수도 있겠다는 생각을 지울 수는 없다. 좁고 긴 화폭에 파노라마식으로 그린 구도 등도 그렇게 설명할 수 있겠다는 생각도 든다. 그러나 독창적이며 근대적인 청전의 산수화가 우리 근대 수묵화의 경지를 한 단계 높였다는 점을 부인할 수는 없을 것이다.

전시장을 나와 돌아가는 길에 나는 예술가의 명성과 영욕에 대해 생각한다. 조선일보 일장기 말소 사건의 주인공이었던 청전이 대동아전쟁 때는 일제에 협력하여 친일 행각을 했다 하여 비판하는 사람들이 있지 않은가? 동아일보 미술부 기자로 근무할 당시 체육부 기자였던 이길용의 일장기 말소 제안에 동조하여 이를 실행하였던 삽화가 이상범이, 일제 말기에는 일제에 부역한 사실을 어떻게 설명해야 하는가? 이길용은 내 가까운 친구 아버지인데 6·25 때 납북되었다. 이들은 참으로 어려운 시대를 살았다는 생각이 든다.

■ 2019. 4. 30.

이국적이며, 환상적이며, 민속적이며, 즉흥적인
빌라-로보스, 하차투리안, 알베니즈, 그라나도스
(서울 스프링 실내악 축제 2)

오늘 연주회에는 베토벤이나 슈만의 실내악곡들도 포함되어 있긴 하지만, 빌라로보스, 하차투리안, 알베니즈, 그라나도스의 곡들이 있어 관심이 갔다. 연주회장에서 자주 접하기 어려운 곡들이고, 이국적이며 개성적인 작품들이다. 소품이라 해서 꼭 가벼운 곡들인 것은 아니다. 이런 연주회는 연주 시간아 짧아 듣기에 부담스럽지 않으면서 작곡자의 개성과 독창성을 엿볼 수 있는 좋은 기회가 된다.

빌라로보스의 〈브라질풍의 바흐〉는 많이 듣던 곡이고 좋아하는 곡이어서 기대를 했는데 제6곡만 연주해서 아쉬웠다. 브라질풍의 전통 선율과 리듬이 서양 고전음악의 토대와 결합된 이 독특한 음악은 연작으로 되어 있는데, 전곡을 연주하지 않고 잠깐 맛만 보여주는 식이어서 제대로 된 감상이라 할 수는 없다. 그냥 편하게 들어보시라는 식이어서 아마추어 관중을 위한 서비스 같다. 브라질 대중음악적인 멜로디가 섞여 흐르는 이 곡을 감상하는 재미는 플루트와 바순의 두

목관악기의 음색을 제대로 맛보는 것이었다. 플루트의 윤혜리와 바순의 로랑 르페브르(Laurent Lefèvre) 두 연주자는 악기의 음색을 선명하면서 조화롭게 표현해내었다. 때로는 우아하게, 때로는 에너지에 넘치게 연주하는 솜씨는 작곡자의 의도를 잘 살려주었다.

하차투리안의 〈클라리넷, 바이올린, 피아노를 위한 3중주〉는 그의 곡 가운데 드문 실내악곡인데 워낙 소품이어서 하차투리안다운 진면목을 찾아보기는 어려웠다. 코카서스와 중앙아시아 지역의 민요적 선율에 기초한 멜로디라는데, 나는 잘 모르겠고, 다만 좀 침울하고 가라앉은 리듬에 미묘한 활력이 섞여 있는 독특한 음악이었다. 클라리넷과 바이올린, 피아노의 세 악기 편성은 듣는 재미가 있다. 목관악기와 현악기와 건반악기가 어울린 이런 악기 편성은 각각의 음색을 잘 드러내면서 조화를 이루었다. 20세기 소련 작곡가 중 쇼스타코비치, 프로코피예프는 들을 기회가 많았지만 하차투리안은 드문 기회여서, 그의 음악에 접한 것만으로 만족해야 했다.

알베니즈와 그라나도스 역시 그들의 음악에 접한 기회로 만족할 만 했다. 알베니즈의 〈스페인 모음곡〉과 그라나도스의 피아노 5중주 모두 스페인과 관련이 있다. 알베니즈의 〈스페인 모음곡〉에서는 스페인 안달루시아 지방의 플라멩코 스타일의 이국적이며 서정적인 정취가 풍겨났고, 그라나도스의 경우에는 스페인 사람다운 독자성이 엿보인다. 유럽 낭만주의 음악의 어법에 근거한 아름답고 세련되고 아련한 분위기의 음악은 특별한 감흥과 활기를 자아낸다. 연주자들은 모두 차원 높은 기교적 완벽성을 자랑하였는데, 특히 하프의 아자벨 모레티(Isabelle Moretti)는 제자인 이우진을 소개하고 함께 연주하며

그라나도스

따뜻이 이끌어주어 보기에 좋았다.

오늘 들은 실내악곡들은 이국적이며, 환상적이며, 민속적이며, 즉흥적인 분위기를 지닌 것들이었다. 전곡 연주가 아닌 점은 아쉬웠지만, 나중에 혼자서 음반으로 듣기로 하고, 이런 기회에 접한 것만으로도 만족하기로 한다.

■ 2019. 5. 1.

이국적이며, 환상적이며, 민속적이며, 즉흥적인

교회음악을 세속음악처럼

스트라빈스키, 〈시편교향곡〉

스트라빈스키의 〈시편교향곡〉과 미사곡을 국립합창단이 노래하는 오늘의 음악회는 패트릭 퀴글리(Patrick Quigley) 지휘로 연주되었다. 러시아 출신이지만 미국에서 더 오래 산 스트라빈스키는 〈불새〉〈봄의 제전〉〈오르페우스〉 등의 발레 음악이 유명해서 귀에 익숙하지만 오늘 연주하는 〈시편교향곡〉도 널리 알려진 곡이다.

〈시편교향곡〉을 자주 들어본 기억이 없는 나는 공부하는 기분으로 연주회장을 찾았는데, 작곡자 스트라빈스키의 종교적 심취를 공감하지는 못했다. 작곡 자체가 종교음악적인 장엄성에서 조금 비켜서 있기 때문이기도 하고, 연주회 분위기 또한 세속음악적 분위기의 장소에 영향받았기 때문이기도 한 것 같다. 스트라빈스키의 음악은 현대 음악다운 특성을 지녔지만, 동시대의 쇤베르크보다는 훨씬 이해하기 쉽고 접근하기 편하다. 그러나 그의 〈시편교향곡〉에 나타난 보편성과 초월성을 느끼기에는 예술의전당 콘서트홀은 합당한 장소가 못 된다. 이곳은 세속음악적 분위기에 더 어울린다. 아무래도 이 음악은 성당이나 교회에서 연주하는 것이 제격일 것 같다.

스트라빈스키의 이 음악은 바흐나 모차르트의 미사곡을 들을 때 느껴지는 종교음악적 심성의 발현에 비해서는 어딘가 미흡하다고 느껴지는 까닭은 무엇일까. 시대적 배경의 차이를 무시할 수 없을 것 같다. 바흐나 모차르트의 시대는 종교가 세계관의 중심이 되던 시대였고, 현대는 비종교적인 세계관이 중심이 되는 시대가 아닌가? 그렇다 하더라도 현대음악 속의 종교음악 혹은 종교음악의 현대음악화는 중요한 의의를 가진다.

스트라빈스키는 자기가 작곡한 〈시편교향곡〉을 가리켜 시편을 가사로 하는 교향곡이 아니라 시편의 내용을 교향곡화시킨 것이라고 했다는데, 나는 둘 중의 어느 쪽도 잘 실감나지 않았다. 다만 합창단이 공들여 노래 부른다는 것, 지휘자와 합창단의 호흡이 맞아 노래 자체에 흠잡을 구석이 별로 보이지 않는다는 것, 젊고 씩씩한 지휘자가 박력 있게 연주를 이끌어간다는 것에 긍정정인 소감을 표하고 싶을 따름이었다.

미사곡을 노래할 때도 이런 느낌은 비슷했고, 2부에서 미국 기독교음악 합창을 들려줄 때도 비슷한 인상을 받았다. 무난하지만, 강한 기억을 남길 만한 연주회는 아니었다. 교회음악을 세속음악처럼 노래하는 것을 감상하는 일에는 감동적이기보다는 무덤덤한 느낌을 각오해야 할지 모른다.

■ 2019. 5. 2.

교회음악을 세속음악처럼

역사의 자취, 과거의 흔적

〈근대서화전〉과 〈오백나한전〉

2019년 5월, 국립중앙박물관에서는 두 가지 중요한 전시회가 열리고 있다. 기획전시실에서는 심전(心田) 안중식(安中植) 서거 100주기를 기념하여 〈근대서화전〉이 열리고 있고, 특별전시실에서는 춘천박물관에 있던 영월 창령사 터 오백나한상을 옮겨와 〈나한과 현대의 만남전〉이라는 명칭으로 전시하고 있다.

〈근대서화전〉은 1876년 개항 이후 1920년대 조선미술전람회까지의 우리 근대 한국화의 변천을 요약하여 이해하도록 구성되었다. 개항 이후 안중식, 조석진 등을 비롯한 당대의 서화 엘리트들의 작품 경향은 새로운 인쇄 매체의 등장과 이에 연관된 시대정신을 표현한 다음 세대의 흐름으로 이어진다. 오세창의 계몽주의 사상에 부응한 삽화가 안중식의 역할과 안중식의 제자 고희동과 이도영의 등장과 그들의 삽화나 만화는 당대 사회상을 반영한 점이 두드러진다. 한일합방 이후에는 일제에 저항하거나 은둔한 화가들의 모습이 주목된다. 우리 서화 역사를 정리하는 데 힘을 쏟은 오세창, 일제가 주는 작위를 거부하고 은둔한 윤용구, 유랑과 은둔의 서화가 황철과 지운영 등을 기억해야 한다. 이 시기 중요한 미술사적 사건은 1911년 조선서화미술회가 설립되고 1918년 전국 규모의 조선서화협회가 결성된 점이었다. 이후, 다음 세대의 신예가 등장하고 1922년 조선미술전람회가 생기면서 시대적 변화에 맞춘 화풍이 중시되고 근대의 도전과 전통의 응전, 혹은 조화와 변화가 새로운 시대적 기류가 되었다.

이러한 교육적 내용의 전시장 구성만을 따라가다 보면 그림 감상보다는 그림에 연관된 주변 공부에만 빠지게 될 위험이 있다. 나는 안중식의 그림을 감상하는 데 흥미가

안중식, 〈백악춘효(白岳春曉)〉

역사의 자취, 과거의 흔적

있었다. 우리 근대 한국화는 그의 제자 청전 이상범과 심산 노수현이 중심이 되어 화단을 형성하였으니 그는 미술사적으로 주요한 위상을 점한다. 나는 그의 그림이 지닌 관념화적 매너리즘은 좋아하지 않지만 그의 탁월한 묘사 솜씨와 섬세하고 치밀한 붓놀림에는 탄복하지 않을 수 없었다. 그의 산수화는 실경 스케치에 바탕을 둔 것이어서 단순히 중국 화첩을 모사하는 경지에서 훨씬 발전해 있고, 그의 화조도는 섬세하고 실감나는 그림이어서 마치 전통 방식으로 세공된 명품 골동을 감상하는 느낌이었다. 여전히 전통적이고 보수적이어서 관념화적 틀을 벗어나지 못하였어도 당대 전환기 화단을 이끈 구세대 거장의 작품을 감상하는 시간은 보람 있는 시간이었다.

나는 오래전에 대구 인근 영천의 은해사(銀海寺) 거조암(居祖庵) 영산전(靈山殿)에 있는 오백나한상을 구경하고 그 다양하고 풍부하며 자연스럽고 자유자재한 표정과 포즈에 심취했던 기억을 잊지 못하고 있다. 거조암 오백나한상은 다른 절처럼 나한전(羅漢殿)이나 응진전(應眞殿)에 모신 것이 아니라 오백나한만을 위한 영산전에 모셨는데, 그 각양각색의 표정들이 서민적이고 인간적이며 자연스럽고 해학적이어서 친근감과 다정함을 불러일으켰다. 한국의 미를 대변할 만한 토속미를 지닌 조각이면서 종교예술다운 진지함과 민간신앙에 어울리는 소박함이 드러나 있는 걸작이었다. 다만 조각상에 회칠하고 색을 입힌 점이 내 취향에는 맞지 않았다.

영월 창령사 터 오백나한상은 발굴 당시 그대로인 화강암의 투박하고 거친 질감이 일품이다. 희로애락의 감정을 드러내는 표정들은 검박하고 고졸(古拙)스럽다. 나한은 속세를 살았으니 인간이고 부처의 가르침을 듣고 깨달은 자니 성자다. 깨달은 자의 삶이니 진지하지만 여유 있고, 슬플 때도 편안하고, 수행을 할 때도 느긋하고, 기쁠 때도 자신을 잃어버리지 않는다. 속세에 살면서도 한없이 천진해지는 얼굴이 나한의 얼굴이다. 화강암에 투박하고 거칠게 조각된 나한상들의 표정과 자세에는 천진한 미소와 무욕의 성찰이 서려 있다. 선량한 미소와 사색적 포즈가 보는 이의 내적 성찰을 불러일으키는 나한상들은 과하거나 넘치지 않는 한국적 미의식의 전형이다.

나는 여기 조각상 비슷한 얼굴을 한 사람들을 떠올려본다. 그들의 인상이나 표정보다 이 나한상들의 표정이 훨씬 진지하고 고요하고 깊다. 이 얼굴들은 살아 있는 사람보다 더 철학적이며 형이상학적인 초월의 경지에 있다. 백제의 미소로 불리는 서산 마애삼존불상이나 신라의 미소로 불리는 얼굴무늬수막새와는 같은 유형의 미의식의 범주에 속하면서도 조금은 다른 독자적 경지를 열어 보이는 이 오백 나한상은 우리 고미술의 걸작이 아닐 수 없다.

■ 2019. 5. 7.

대중가요의 정도 : 정직하고 진지하고 성실하게
이미자 노래 인생 60년

　이미자 노래 인생 60년 기념 콘서트가 세종문화회관에서 열리고 있다. 나는 대중음악 콘서트에는 잘 찾아가지 않는 편이지만, 이미자를 포함하여 몇몇 가수만은 예외로 친다. 오랜 세월 우리 귀에 익숙해진 이미자의 노래에는 함께 호흡하며 살아온 우리 시대의 애환이 담겨 있다. 이미자의 노래에는 지나온 시대의 서민적 사랑과 한이 서려 있고, 기쁨을 기쁨답게 슬픔을 슬픔답게 호소하는 정직한 서정성이 있다. 이미자의 노래에는 접근하기 쉽고 따라 부르기 쉬운 대중성이 있지만, 아무도 흉내 낼 수 없는 맑고 깨끗한 음색과 가늘면서 거침없이 내뻗는 독특한 창법이 있다. 이미자 비슷하게 노래 부르는 사람은 보았어도 이미자를 능가하는 트로트 가수는 만나보지 못했다.
　한 시절 우리나라에서 제일가는 극장이었던 세종문화회관 대극장은 지금은 많이 낡고 어수선하다. 규모가 커서 객석을 많이 수용한다는 이점을 제외하곤 음악을 연주하고 감상하기에는 불편한 극장이다. 2층이나 3층 뒷자리에 앉으면 음향이 제대로 전달되지 않는다. 국경일 행사하기에나 적당한 공간이 되었다. 예매 티켓 교환하는 매표소 앞에는 사람들이 시골 장터처럼 바글거리고 시끄럽고 무질서하다. 질서를 유지하는 직원도 없어 불쾌하고 어수선한 채로 시간이 남는 로비를 돌아보면 이미자 브로마이드를 배경으로 사진 찍겠다는 사람들이 긴 줄을 서서 떠들어댄다. 다만 나이 많은 부모를 모시고 온 중년의 여인들이 많은 것은 이해할 만한 광경이기는 했다. 부모 공경하는 미풍양속이 아직 완전히 없어지지는 않았나보다.

　내가 간 날은 3일간의 콘서트 중 마지막 날이었는데, 첫날 공연 후 신문에는 노래 인생 60년을 기념하는 음악회에서 이미자도 울고 관객도 울었다는 기사가 큼직하게 실려 있었다. 노래 인생 60년을 회고하면서 이미자는 울 만하겠지만 관객은 왜 따라 울었을까? 가수에 대한 감정이입도 있었겠지만 이미자 노래의 애절함과 절실함이 전달되었기 때문일 것이다. 이 공연을 홍보하는 기사이면서, 거짓말은 아닌 기사를 읽고 가벼운 흥분을 느낀다.

　이미자는 복 받은 가수다. 대중가요 가수로 한평생 최고의 지위를 누렸으니 복 받았고, 타고난 목청을 제대로 활용하는 노래를 유지할 수 있었으니 복 받았고, 그녀를 사랑하는 수많은 서민들의 박수갈채를 받았으니 복 받았다. 사회를 맡은 아나운서 김동건은 이미자 노래 인생 100주년을 기약하자고 유머 섞인 멘트를 날리는데, 이것이 어색하지 않을 정도로 이미자 노래 솜씨는 쇠퇴하지 않았다. 열아홉 살에 〈열아홉 순정〉으로 데뷔했으니 올해 일흔아홉인데, 건강도 좋고 노래도 녹슬지 않았으니 가수로서 더 바랄 것이 없을 것이다.

대중가요의 정도:정직하고 진지하고 성실하게

〈동백 아가씨〉, 〈섬마을 선생님〉, 〈불어라 열풍아〉, 〈기러기 아빠〉, 〈여로〉, 〈아씨〉, 〈황포 돛대〉, 〈서울이여 안녕〉 등 수많은 히트곡을 남긴 그녀의 노래가 2천 곡이 넘고 음반이 560장이나 되어 기네스북에 등재될 정도라니 놀랍지 않은가? 가수 이미자가 이런 놀라운 기록을 남겼다는 것은 가수 이미자를 한결같이 사랑해준 이 땅의 백성이 놀라운 기록을 남겼다는 말이기도 하다. 우리나라 대중음악을 위해 이런 기록이 도움이 되는 것인지 아닌지는 별개의 문제로 하고, 하여튼 대단하기는 하다.

이미자의 노래는 가늘고 길게 쭈욱 내뽑는 발성이 특징이다. 지나치게 떨지 않으니 간드러지지 않고, 지나치게 처지지 않으니 감정의 절제가 가능하다. 이미자의 노래는 깨끗하고 선이 고운 음색이 바탕이 된다. 이미자의 노래는 감정을 지나치게 억누르지 않되, 지나치게 감정을 폭발시키지 않는 일정한 금도가 있다. 무엇보다 이미자의 노래에는 정확하고 안정된 가사 전달력이 뒷받침되어 있다. 이미자는 무대에서 공연할 때나 녹음실에서 음반을 취입할 때나 같은 창법으로 노래한다고 말한다. 관록이 붙고 익숙해지면 무대 위에서 공연할 때 노래의 박자나 음정을 제멋대로 늘렸다 줄였다 하며 흔들어대는 멋을 부리는 가수들이 많은데 이미자는 스스로 그러한 태도에 빠지지 않도록 자신을 경계한다. 진지하고 성실하고 정직한 자세다.

그런데 60년을 한결같이 변함없는 창법으로 노래한다는 것이 꼭 바람직한 일일까? 자기 변모와 변신을 통해 새로운 세계를 모색하려는 시도를 하지 않는다면, 매너리즘에 빠지거나 쇠퇴하기 쉽지 않은가? 그러나 그 자기 변모나 변신이라는 말에는 발전과 향상, 완전을 향한 도전 의식이 바탕이 되어야 한다. 시류에 영합하여 변모나 변신을 꾀하다가 오히려 자기만의 독자적 세계를 잃어버리는 경우를 본다. 이미자는 이런 위험성을 잘 알고 스스로 경계하는 가수라는 생각이 든다. 트로트니 뽕짝이니 하며 사람들이 하찮게 평가할 때도 이미자는 외골수로 자기만의 창법을 고집하고 유지해왔다. 자신을 알고, 자기에게 어울리는 옷만을 고수한, 정통적 보수주의자의 모습을 읽을 수 있다. 이미자의 한결같은 노래 솜씨는 이러한 정통적 보수주의자의 창법에서 우러난 것이 아닐까 생각해 본다.

이미자는 무대 위에서 자기의 노래 인생 60년을 있게 해준 여러분들에게 감사한다는 말을 몇 번이고 되풀이했다. 겸허하고 순정한 자세다. 성실하고 진지한 태도다. 그녀의 노래가 기본과 정석에 충실한 것도 이러한 자기 수련의 바탕에서 우러난 것일 게다.

이미자 노래가 금지곡이 되어 수난을 겪었다고 말하며 마치 그녀가 시대의 희생 제물이 되었던 것처럼 말하는 사람들이 있다. 월남전 위문 공연에서 병사들과 부둥켜안고 울었다든지, 중동 지역에 가 일하는 노동자나 파독 광부들에게 향수와 눈물을 자아내게 하였다든지 하고 말하며 그녀를 시대의 영웅인 것처럼 말하기도 한다. 왜색조니 일본 엔카를 표절했느니 저질이니 하는 논란에 휩싸였던 것은 모두 나름대로 이유가 있었다. 일제 식민지 시대를 겪은 사회로서는 왜색조나 일본 가요 표절에 대해 신경질적인 반응을 보일 수밖에 없기도 하였다. 방송 금지곡으로 묶는다는 것은 지금으로서는 상상도 할 수 없는 일이지만 당대 사회의 맥락을 전제로 하고 보면 이해가 안 되는 일도 아니지 않은가? 가수로서는 안타깝고 괴로운 일이었겠지만, 책

임은 작곡자와 작사자에게 있지 노래하는 사람이야 무슨 죄가 있는가? 월남전 병사를 위한 위문 공연이나 중동 지역 노동자나 파독 광부 위문 공연도 대중가요 가수로서 이미자의 인기가 하늘을 찔렀다는 뜻이니, 가수로서는 행복하고 만족스러운 삶을 살았다는 의미가 된다. 정작 이미자 자신은 단지 고마울 따름이라고 말하는데, 평론가들은 그녀를 무조건 시대와 엮어 이해하려고 하는 것 같아 마뜩치 않은 생각이 든다.

이미자는 어느 평론가와의 대담에서 그녀를 '시대의 절창(絶唱)'이라고 하는 말에 대하여 자신의 가창력은 5년 전 55주년 때만 못하다고 고백한다. 정직하고 겸허한 태도다. 그러면서 이즈음 가수들의 노래에 대하여 "청중을 기절시키는 노래는 오래 못 가요. 저는 슬픔의 방아쇠를 당기는 데서 멈춰요."라고 말한다. 그녀의 노래가 물리지 않고 오래 사랑받을 수 있는 비결이다. 이러한 감정의 절제와 조절에 바탕을 둔 진지한 자세는 오늘의 대중가요 가수들이 본받아야 할 덕목이 아닐까 생각된다.

돌아오는 길에 나는 오늘 무슨 노래들을 들었는지 떠올려본다. 수십 곡의 노래를 들었는데 왜 귀에 쟁쟁한 것은 〈동백 아가씨〉 한 편 뿐일까? 한결같은 패턴의 노래를 들려주는 가수가 바람직할까, 변화와 굴곡이 많은 노래 패턴을 들려주는 가수가 바람직할까, 생각하다가 어느 편이든 노래 잘 불러 감동을 주는 가수가 제일이라는 결론에 이른다.

■ 2019. 5. 10.

민족주의, 민중봉기 대작의 감상
〈윌리엄 텔〉

오늘, 2019년 5월 12일은 예술의전당에서 베토벤 전문가로 알려진 루돌프 부흐빈더의 베토벤 피아노 소나타 연주회가 있는 날인데 입장권을 구할 수 없었다. 프로그램에 베토벤 피아노 소나타 10번, 13번, 8번 〈비창〉, 25번, 23번 〈열정〉을 연주한다고 되어 있어 관심이 있었는데 아쉽지만 포기하기로 한다. 다들 나보다 부지런하여 일찌감치 준비하는 사람들이니 나 같은 게으른 아마추어 관객 몫까지 차례가 오지 않는다. 표가 매진되어 포기하였으니 그냥 쉴까 하다가, 로시니의 오페라 〈윌리엄 텔〉은 표가 남아 있다 하니 이걸 보기로 한다. 이 오페라는 공연 시간이 네 시간에 이르는 대작이어서 나 같은 늙은이에게는 좀 무리인가 싶었지만 한국 초연이라 하니 공부하는 셈치고 오페라극장을 찾는다.

이 오페라는 이름이 여러 가지다. 프랑스어로는 〈기욤 텔(*Guillaume Tell*)〉이고, 영어식으로 〈윌리엄 텔(*William Tell*)〉이다. 원작 실러의 희곡은 독일어로 『빌헬름 텔(Wihelm Tell)』이고, 이탈리아 판본은 『굴리엘모 텔(Guglielmo Tell)』이다. 이탈리아 태생으로 파리에서 활동한 로시니는 이 오페라를 프랑스어로 공연하였으니 프랑스어식으로 〈기욤 텔〉이라 해야 옳겠지만, 우리나라에서는 영어식으로 〈윌리엄 텔〉로 알려져 있으니 〈윌리엄 텔〉로 부르는 것이 상식에 맞다. 그래서 프로그램 북이나 무대 위 자막에는 〈기욤 텔〉이라 씌어 있는데, 광고에는 〈윌리엄 텔〉로 나와 있다.

오스트리아의 지배하에 있던 스위스의 세 주 우리, 운터발텐, 슈비츠의 대표들이 민중 봉기를 꾀한다는 내용에 전설적 명궁(名弓) 빌헬름 텔의 이야기가 결합된 이 극은 압제와 폭정에 저항하는 피압박 민족의 항거가 주된 스토리를 엮어간다. 여기에 압제자 게슬러의 딸 마틸드와 아르놀드의 사랑 이야기가 더해진다. 아르놀드의 부친이 게슬러에 의해 학살된 것이 밝혀지면서 둘 사이의 사랑은 파탄에 이르고, 압제자에게 굴종하지 않는 빌헬름 텔에게 아들 머리 위의 사과를 쏘아 맞히라는 명령이 떨어진다. 명궁 빌헬름 텔은 아들 머리 위의 사과를 맞힌 후, 게슬러를 죽이고, 이것이 계기가 되어 민중 봉기를 성공으로 이끈다는 내용이다.

국립오페라단을 이끈 연출자는 불가리아 태생으로 독일에서 활동하는 베라 네미로바(Vera Nemirova)였는데, 시대적 상황을 근대로 옮겨와 독특한 시공간의 무대를 만들었다. 이 오페라의 유명한 서곡이 연주되는 동안 무대 위에는 1차대전 당시 유럽에서 볼 만한 군용 지프차를 타고 압제자 게슬러와 그의 딸 마틸드가 등장한다. 또 2막 서두에는 마틸드가 낙하산을 타고 지상에 내려온다. 군복을 입고 군용

차를 타고 고글을 착용한 모습은 극의 무대를 13세기 스위스에 국한시키지 않고 불특정한 가상의 땅, 추상적이면서 보편적인 공간으로 바꾸어놓는다. 극 전체는 리얼리즘 계열인데 이런 설정은 추상적 가상 공간이어서 조금은 어리둥절하게 만들기도 하고 조금은 현대극다운 효과를 노렸다. 이 공연이 3·1운동 100주년 기념이라 하니, 우리 근대사와도 연결시키려는 의도이기도 하고, 연출자의 고국 불가리아의 시대적 배경과도 연결시키려는 의도이기도 하다.

민족주의에 바탕을 둔 민중봉기를 주제로 한 이런 극은 민중의 합창이 중요한 역할을 하게 마련이다. 국립합창단과 그란데오페라합창단의 단원들이 국립오페라단의 성악가들과 힘을 합쳤고, 코리안 심포니오케스트라의 음악의 뒷받침을 받으니 미상불 거창한 무대가 될 수밖에 없다. 20분씩 두 번의 휴식 시간을 포함하여 네 시간에 이르는 공연이니 엄청나게 준비해서 사흘밖에 공연하지 않는다는 것이 아쉽다는 생각이 든다. 합창단도 성악가들도 모두 열심히 노력했고 최상급의 노래 실력을 들려주었다.

윌리엄 텔 역의 김동원은 묵직하고 중후한 바리톤의 음색으로 카리스마 있는 노래를 들려주었고, 주인공 아르놀드 역의 테너 강요셉은 열정적이고 강인하면서 맡은 역할에 잘 어울리는 노래를 불렀다. 나는 마틸드 역의 세레나 파르노키아와 윌리엄 텔의 아들 제미 역을 맡은 라우라 타툴레스크 두 사람의 소프라노를 인상적으로 들었다. 너무 이쁘지만은 않은, 너무 꾸미지 않은, 너무 두드러지지 않은 노래면서 극의 전개에 잘 어울리는 노래를 들려주기란 쉬운 일이 아니다. 이들은 더블캐스팅인데 나는 오늘 출연한 성악가들을 만난 것을 다행으로 여겼다. 오페라 가수들의 아리아에는 자기 노래 실력을 뽐내려고 두드러지게 튀는 경우가 있는데, 오늘 공연에서는 모든 가수들이 극의 전개에 합력하여 주제를 확실히 전달하려는 태도를 보였다. 잘 정돈된 연극을 보는 것 같은 느낌이었다. 물론 오페라도 연극이지만, 연극적이라기보다 주연급 성악가들의 갈라 쇼를 보는 것 같은 인상을 주는 경우도 적지 않았다.

오랜 시간 객석에 앉아 버티는 일은 고달팠지만 그만한 보람을 느끼게 한 공연이었다.

■ 2019. 5. 12.

정통 실내악의 전통과 무대 선정

보로딘 콰르텟

　현존하는 세계 최장수 현악 4중주단이라는 명예를 지닌 보로딘 콰르텟 공연이 있어 흥미를 돋우었다. 1945년 창단되었으니 나와 동갑인 셈이다. 저명한 첼리스트 므스티슬라브 로스트로포비치(Mstislav Rostropovich)가 주도하여 모스크바 필하모닉 현악 연주자들로 결성된 이 실내악단은 장구한 세월 동안 사람들도 바뀌고, 냉전 시기의 어려운 시대를 넘기며 명연주의 전통을 세웠다. 20세기 후반기에는 러시아적 정통성과 탁월한 음악적 표현력을 지닌 멤버들로 전성기를 누리며 소비에트 연방이 붕괴된 이후에는 월드투어를 진행하며 성가를 높였다. 오늘날도 이 실내악단의 명성은 녹슬지 않아 현악 4중주의 진수를 보여주는 연주로 정평이 있다. 러시아 음악의 전통을 이어받아 그들만의 정체성을 유지하면서 뛰어난 음악적 해석력과 표현력을 유지하기란 쉬운 일이 아닐 터이다.

　오늘 연주는 하이든, 쇼스타코비치 현악 4중주 9번, 차이콥스키의 현악 4중주 1번이었는데, 나는 특히 쇼스타코비치와 차이콥스키의 연주를 인상적으로 들었다. 쇼스타코비치 곡은 실내악치곤 규모도 크고 사상적 중량감도 무거운 곡이다. 현대음악다운 아이디어와 개성적 표현의 깊이, 작곡자의 내면과 듣는 이의 내면이 교섭하는 음악적 접촉점을 찾는 일은 이 음악을 감상하는 재미이기도 하다.

차이콥스키의 곡은 비교적 귀에 익숙한 곡이었다. 2악장의 유명한 〈안단테 칸타빌레〉는 독립적으로도 많이 연주되는 우아하고 서정적인 멜로디가 아닌가? 귀족적 격조와 따스함과 온유함, 그리고 전통 춤곡풍의 강렬한 리듬과 강건함을 갖춘 이 음악을 감상하는 일은 고급스러운 즐거움이라 할 수 있다.

나는 이 현악 4중주단의 멤버들에 대해서도 잘 모르고, 그들 연주를 비판적으로 평가할 능력이 없다. 제1바이올린이나 제2바이올린이 어떻고, 비올라나 첼로 음이 어떻고 하는 유식한 소리를 하는 대신, 전체적으로 우아하고 단정하며 차원 높게 정돈된 소리를 들어 행복한 시간을 누렸다는 말은 할 수 있다.

불만스러운 것 한 가지 — 실내악 연주는 거기 어울리는 적당한 공간에서 들어야 제격이다. 예술의전당 콘서트홀은 교향곡 연주와 감상에 적합한 공간이다. 이런 실내악은 체임버홀에서 들어야 한다. 뒷자리에까지는 작고 섬세한 음이 잘 전달되지 않는다. 연주자가 유명하니 청중의 수요가 많고, 청중의 수요가 많으니 넓은 공간에서 연주하게 마련이지만, 실내악은 적당한 규모의 실내에서 감상해야 할 것이다. 오래전 유명한 첼리스트 로스트로포비치가 방한했을 때 세종문화회관 대극장의 큰 무대에 홀로 앉아 독주하는 것을 본 일이 있다. 그 큰 무대에 혼자 첼로를 부여안고 앉아 연주하는 것이 보기에 딱했다. 대중음악 콘서트처럼 큰 체육관에서 연주하지는 않는 것이 다행이기는 하지만.

■ 2019. 5. 15.

우주적 스케일 : 창조 이전의 카오스에서 신의 영역까지
말러 교향곡 제3번

말러의 교향곡 제3번은 워낙 대작이어서 전곡을 한 자리에서 들을 수 있는 기회가 흔치 않다. 연주 시간이 100분이 넘고, 전체가 6악장으로 되어 있으며, 대편성의 교향악단과 성인 남녀 합창단과 어린이 합창단까지 동원하니 큰맘 먹고 준비하지 않으면 연주하기에 엄두가 잘 나지 않는 규모다. 지휘자 박영민이 이끄는 부천시립교향악단이 말러 교향곡 제3번을 연주한다니 다른 일정을 포기하고 예술의전당 콘서트홀을 찾았다.

제1부는 베버의 클라리넷 협주곡 제2번이었는데, 맑고 은은한 클라리넷의 관악기 소리에 취해 있다가 깜박 졸았다. 젊은 협연자 조성호는 단정한 태도로 이 관악기의 우아하고 유려한 음색을 잘 살려 표현하였는데, 너무 평온한 기분에 낮의 피로가 몰려왔나 보다. 쉬는 시간에 밖에 나가 정신 가다듬고 돌아와 앉으니 내가 음악을 들으러 온 건지 수행하러 온 건지 헷갈리는 기분이 들었다. 연주회 관객 중

에 나는 우등상은 못 받아도 개근상이나 정근상 비슷한 것은 받을 수 있을지도 모르겠다.

　말러 교향곡 제3번의 1악장은 연주 시간이 길다. 35분쯤 되니 웬만한 고전시대 교향곡 길이다. 말러는 이 거창한 교향곡의 구성에서 우주적 스케일의 규모를 기획하였다. 문학으로 말하자면 대하소설에 해당할 것이다. 제1악장은 무생물, 제2악장은 식물…… 그리고 동물, 사람, 천사를 거쳐 마지막 악장에서는 신의 영역을 표현한다는 구성이다. 이 교향곡에는 세계의 전모와 존재의 내면을 밝혀 표현하려는 작곡자의 야심 찬 의도가 깃들어 있다.

　음악은 여덟 대의 호른이 일제히 팡파르를 울리는 첫 장면 이후 혼돈과 무질서, 불안정한 분절적 세계가 나타나고 점차 전원적이고 목가적인 나른함으로 이어진다. 그리스 신화에 나오는 반인반수의 신 판(Pan)의 잠든 모습을 묘사한 것이라는데, 나는 잘 모르겠고, 이 음악이 디오니소스적 카오스를 표현하는 의도가 강하다는 인상을 받는다. 서양 문명의 두 기둥이 인간 중심 사상의 희랍 정신인 헬레니즘과 신 중심 사상의 기독교적 세계관인 헤브라이즘이라면 이 음악이 그리스적 헬레니즘에 바탕을 두고 있다는 점은 분명하다.

　목관악기 중심의 2악장은 꽃 혹은 식물계, 금관악기 중심의 3악장은 동물계를 상징한다는 의도이고, '인간이 들려주는 말'이라는 의미의 4악장은 현악기의 낮은 음과 오보에의 높은 음이 대비를 이루며 신비감과 평온함을 전한다. 천사를 염두에 둔 5악장은 소년 합창과 여성 합창이 등장하여 흥겨움과 명랑성을 드러낸다. 이 부분에서 나는 잠시 당혹감을 느낀다. 이 부분은 분명 그리스도교적 전통에 근거한 것일 텐데 지금까지의 정서적 흐름에 맞지 않는 것 같은 인상을 받는다. 작곡가의 세계관이 이중적인가? 아니면 그냥 이쪽저쪽 마구잡이로 모아놓아 규모만 키우는 데 열중했던 것인가? 엄청난 규모의 대작을 만들겠다는 욕심 때문에 너무 여러 가지 요소를 끌어들인 것이 아닌가 하는 생각도 든다. 니체에 심취했던 작곡가가 성탄절 캐럴 비슷한 노래를 삽입한 것은 어울리지 않는다는 느낌을 받는다.

마지막 악장은 갈등의 해소와 정화된 심적 상태의 안정과 희망, 낙관성과 장엄성을 지닌 피날레로 장식된다. 혼돈과 갈등, 헬레니즘과 무신론적 비판의 세계를 거쳐 마침내 영적 정화와 사랑, 고상한 깨달음의 세계에 이르는 공식적 과정이 아닌가 여겨진다.

나는 이 곡 연주를 들으며 예술에 있어서의 넓이와 깊이에 대해 생각해본다. 규모가 크고 표현의 진폭이 넓은 것이 반드시 정신과 감정의 울림을 깊이 있게 하는 것은 아니라는 생각이 든다. 특히 음악은 시간 속에서의 추상성을 본질로 한다. 음악에서 관념적 주제를 너무 강조하다 보면 작위적이고 의도적인 목적의식이 느껴지게 마련이다. 그것은 음악이라는 장르의 본질에 맞지도 않고 양식적 전통에 어울리지도 않는다.

지휘자 박영민은 젊고 깨끗한 미남형의 풍모를 지녔다. 날카로우면서 정확하고 열의가 느껴지는 태도로 오케스트라를 이끌었다. 부천 필하모닉 오케스트라의 연주나 합창단의 노래도 모범적이었다. 깨끗하고, 무리 없고, 편안한 연주였다. 부천 정도 규모의 도시가 이런 교향악단을 운영한다는 것은 우리나라 음악 풍토의 수준이 상당하다는 방증이기도 하다.

연주회장을 나와 돌아오는 길에 가벼운 피로감을 느낀다. 며칠 전 오페라 〈윌리엄 텔〉이나 오늘의 말러 교향곡 제3번 같은 대작 감상은 나 같은 늙은이에게는 아무래도 좀 무리가 아닐까 싶기도 하다. 앞으로 얼마 동안은 음악회 다니는 일을 자제하기로 마음먹는다.

■ 2019. 5. 17.

고도 : 기다림의 반세기

〈고도를 기다리며〉

연극 〈고도를 기다리며〉를 처음 본 것이 언제였던가? 아마 1970년대 초반, 군에서 제대하고 대학원 다닐 때였던 것 같다. 출연한 연기자 김성옥, 함현진, 김무생 등은 당대의 제1급 배우들이었다. 그 연기자 가운데는 지금은 타계하여 이 세상 사람이 아닌 분도 있고, 극단 산울림을 이끌던 연출자 임영웅도 지금은 건강이 좋지 않다고 한다. 명동예술극장에서 한국 초연 50년을 기념하여 마흔 번째 공연을 한다니 대단한 일이 아닐 수 없다. 신문에도 여러 군데 소개되고, 주연 정동환과 연출 임영웅에 대한 대담이나 스케치도 실린 때문인지 입장권이 얼마 남지 않았다 한다. 공연 시작 한참 지난 후 날짜의 표를 한 장 구해서 기다리다 홀로 명동예술극장을 찾는다. 저녁 무렵 명동은 중국인 거리 같다. 화장품 가게와 먹을거리 즐비한 노점 풍경이 다른 나라 관광지에 온 느낌을 준다. 변하지 않은 것은 명동성당과 유네스코회관과 명동예술극장뿐인 것 같다.

아일랜드 출신의 극작가 사뮈엘 베케트는 이 희곡 〈고도를 기다리며〉를 포함하여 많은 작품을 프랑스어로 썼다. 그는 이 희곡으로 이름을 얻어 20세기 중반 유럽 부조리극을 대표하는 작가로 알려졌을 뿐 아니라, 버너드 쇼, 예이츠, 제임스 조이스 등과 함께 아일랜드 출신의 대표 작가로 자리 잡았다.

이 극의 주인공 블라디미르와 에스트라공은 의미 없는 대화와 실없는 수작을 부리며 지루하게 고도를 기다리는 일을 반복한다. 그들의 의미 없는 시간 낭비 속에 날이 저물고, 기다림에 지쳐갈 때쯤 한 소년이 등장하여 고도 씨는 오늘 못 오고 내일 오신다고 전한다. 다음 날도 같은 일이 반복된다.

이 무의미한 행위는 무엇을 상징하는가? 고도는 누구이며, 왜 그를 기다리는가? 이런 질문에 대한 대답은 없다. 그냥 고도를 기다린다는 헛된 수작을 보여줄 따름이다. 이 무의미하고 지루하고 덧없는 시간 낭비는 묘하게도 관객을 몰입시킨다. 약간의 우스꽝스러운 몸짓, 약간의 암시적인 멘트, 약간의 유머가 뒤섞인 일종의 광대극 비슷한 것인데 이상하게도 진지한 중량감을 지닌 메시지가 감추어진 극이라는 느낌을 받는다. 감추어진 메시지란, 굳이 말한다면, 인간에 대한 신의 무관심, 혹은 무관심한 신을 영원히 기다려야 하는 인간의 운명을 상징한 것이라 할 수 있을 것이다.

주인공 정동환과 안석환은 훌륭한 연기자였다. 과장된 몸짓이 좀 지나치고 간혹 대사가 꼬이는 경우가 있었지만 극의 흐름을 방해하지는 않았다, 적당한 발성, 무대를 휘젓는 몸짓과 포즈, 감정적 표현과 전달력 등에서 그들은 탁월한 배우라 할 만했다. 광대인지 노숙자인지, 그들의 좀 모자라는 듯한 연기는 이 부조리극의 표현에 걸맞았다. 단순하면서 지루하지 않고, 헛된 행위 속에 의미가 숨겨져 있고, 우스꽝스러운데 진지한 느낌을 표현하기란 쉬운 일이 아니다. 다른 연기자도 훌륭했지만, 나는 특히 아역의 이민준을 좋게 보았다. 무표정하게, 선명한 하이 톤으로 몇 마디 대사를 전했을 뿐인데 극의 매듭을 짓고 전환하는 역할을 충실히 해냈다.

돌아오는 길에 나는 반세기 전에 처음 본 〈고도를 기다리며〉의 감동을 회상해본다. 이 연극을 처음 보았을 때의 충격과 감동과 울림이 왜 지금보다 더 깊게 뇌리에 각인되어 있는 것일까? 그때의 배우들 연기가 더 좋았기 때문일까? 아닐 것이다. 아마도 나이 들어 세상 사는 일에서 겪는 신선한 충격이 무디어졌기 때문일 것이다.

■ 2019. 5. 22.

중력을 거스르는 육체의 묘기

〈파우나〉

　내가 공연을 열심히 찾아다니는 것을 알고, 나에게 참 부지런하게 산다고 말하는 사람도 있고, 참 고상한 취미 생활을 즐긴다고 말하는 사람도 있다. 천만의 말씀이다. 게으르니까 공연을 찾아다니는 것이지, 부지런하면 시조창을 배우러 다니든지, 외국어 공부를 하러 다니든지, 신학대학 청강생으로 들어가 신학 공부를 하러 다녔을 것이다. 그냥 피동적으로 앉아서 감상만 하는 일을 부지런하다고 한다면 과찬의 말씀이다. 클래식 음악회나 연극이나 무용 공연을 찾아다니는 것도 고상해서가 아니다. 즐겁기 때문이다. 예술은 우리를 구원해주지는 못하지만 우리를 현실로부터 벗어나게 할 수는 있기 때문이다. 대중가요나 상업영화나 시끄럽고 폭력적인 흥행물을 좋아하지 않는 것은 거기 종사하는 사람들이나 그걸 좋아하는 사람들을 무시해서가 아니다. 체질에 맞지 않기 때문이다. 취미 생활이라니? 이건 취미 생활이 아니다. 명색이 시인이라 시 쓰는 일을 업으로 하는 사람이니 인접 예술의 미학적 체험이나 정서적 감동에서 자극을 얻고 싶기 때문이기도 하다. 그러니 전공이나 직업에 관련된 일을 하러다니는 것이지 취미 생활을 즐기기 위한 것이 아니라고 할 수 있다.

그래도, 가끔씩은, 내가 너무 귀족적인 취향에 기울어져 있지는 않은지 반성할 때가 있다. 그래서 장마당의 각설이 타령이나 미스 트롯 선발 방송도 열심히 보고 듣는다. 마침 이번 주에는 충북 음성군에서 전국 품바 축제가 열리고 있다. 요새 세상에는 장타령을 부르며 동냥하여 얻어먹는 진짜 각설이는 없어졌지만, 누더기 옷 기워 입고 유행가 부르는 전국의 각설이 노래 하는 패들을 모아놓는다니 관심이 갔다. 그런데 음성 가기로 약속한 주말, 갑자기 급한 볼일이 생겼다. 할 수 없이 포기하고 대신 화요일에 춘천 마임 축제를 가기로 계획을 바꾸었다. 거리 축제로는 물총 쏘고 장난치는 '아수라장' 도 있고. 불장난치는 '불의 도시 도깨비 난장' 도 있다지만, 거기 낄 형편은 아니어서 한림대 일송아트센터에서 하는 마임 퍼포먼스 〈파우나〉를 관람하기로 한다.

'파우나' 는 에든버러 프린지 페스티벌에서 대상을 탄 경력이 있는 아크로바틱 댄싱 그룹이다. 다섯 명의 무용수와 한 명의 음악 연주자로 구성된 이 그룹은 인간의 육체가 표현할 수 있는 동작과 몸짓의 한계를 넘어서는 아슬아슬한 경지에 도전한다. 사람 위에 사람이 서서 물구나무서기, 튼튼한 한 팔로 지탱하며 몸을 수평으로 세우기, 한 팔로 기둥에 매달려 수평잡기, 체중이 가벼운 여자를 튼튼한 남자가 공중으로 던지고 부드럽게 받기, 가늘고 얇은 받침대 위에 거꾸로 서서 균형 잡기가 그들 동작의 기본인데, 이것들은 모두 중력의 원리를 거스르는 몸짓이다. 이 육체의 묘기는 강한 힘과 부드러운 유연성과 빈틈없는 팀워크가 한 치의 흐트러짐도 없어야 한다. 대부분의 동작들은 자연, 특히 동물의 형상이나 움직임을 모방한 것들이어서 다리와 엉덩이, 팔과 몸의 웅크림과 펼침으로 이루어지는데, 싸구려 서커스단처럼 천하지 않고 대규모의 공중 트라피즈처럼 무시무시하지 않다. 이들의 동작은 난이도 높은 현대무용에서 응용될만한 예술적 기교를 지녔다.

중력을 거스르는 일은 단순한 기교가 아니다. 철저히 계산된 힘과 놀라운 과단성과 순간적 도약이 잘 맞아떨어져야 한다. 이들의 서커스는 진지하고 표현적이다. 연예 프로그램에서 보는 묘기 부리기의 차원을 넘어선 아슬아슬한 몸의 펼침과 웅크림을 보는 일은 경탄을 자아낸다. 이런 묘기를 구사하기까지 저 사람들이 단련한 육체는 혹독한 연습을 거쳤으리라. 저들의 노력의 과정을 상상하면 아리고 아픈 응어리가 느껴진다.

■ 2019. 5. 28.

웅혼하면서 고졸(古拙)한 혼의 흔적
〈관서악부〉

성균관대학교 박물관에서 서예가 검여(劍如) 유희강(柳熙綱)의 서예 대작 〈관서악부(關西樂府)〉를 전시한 〈관서악부실(關西樂府室)〉 개관 기념 전시회가 열리고 있다. 「관서악부」는 조선 영조 때 석북(石北) 신광수(申光洙)가 그의 벗 번암(樊巖) 채제공(蔡濟恭)이 평양감사로 부임하는 것을 축하하여 지은 총 108수, 3,024자로 된 장시(長詩)다. 내용은 관찰사의 부임 예식과 관련 의례로부터 시작하여 평양의 역사와 문화, 풍류와 경치를 읊은 것으로 평양에 관한 모든 것이 기록된 조선조 한문학의 걸작이다. 단군, 기자와 관련된 고조선에서부터 주몽, 온달, 연개소문에 연관된 고구려의 역사, 묘청의 난과 고려 멸망, 임진왜란과 평양성 전투 등 해박한 역사적 지식을 보여주고, 부벽루, 모란봉, 청류벽 등 명승지를 노래하며, 을밀대, 애련정 등 역사적 유적지도 묘사하고 있다. 석북은 이 시를 당대 시서화(詩書畵) 삼절(三絕)로 불리던 표암(豹菴) 강세황(姜世晃)에게 서예작품으로 써줄 것을 부탁하였는데, 정작 완성된 표암의 작품은 보지 못하고 타계하였다.

검여 선생이 이 작품을 쓸 때는 중풍으로 우반신이 마비되어 왼손으로 서예 활동을 할 때였다. 중풍 환자가 좌수로 서예 글씨를 쓴다는 일도 어렵고 힘든 일인데, 멀쩡한 사람도 엄두를 내지 못할 대작을 쓰겠다는 결심에 주위 사람들의 만류가 심했다. 그러나 그는 이 일을 필생의 작업으로 여겨 고집을 꺾지 않았다. 마침내 3,024자에 달하는 「관서악부」 본문을 다 쓴 후, 나머지 발문 일곱째 줄까지 쓰고 뇌일혈의 재발로 운명하였다. 3년이 지난 후, 이 작품의 나머지 제발(題跋)을 유족이 생전에 절친했던 한학자 청명(青溟) 임창순(任昌淳)에게 의뢰하여 완성하였다.

소동파와 완당을 흠모하여 소완재(蘇阮齋)라는 당호를 서재에 걸어놓았던 그는 어려서 한학(漢學)과 서예의 기초를 익힌 후, 일제 때 지금 성균관대학교의 전신인 명륜전문학원을 졸업하고 중국에 유학하여 서화와 금석학 및 서양화를 공부하였다. 해방 후 귀국하여 인천시립박물관장 등을 역임한 그는, 서울 관훈동에 검여서원(劍如書院)을 열고 본격적인 서예 활동을 전개하였다. 고법(古法)을 바탕으로 북위(北魏) 서체(書體)를 가미한, 필력이 넘치는 그의 서체를 사람들은 검여풍이니 검여체니 하고 일컬었다. 환갑을 두 해 앞두고 뇌일혈이 발병하여 우반신이 마비되었는데, 일 년여의 투병 끝에 왼손으로 다시 붓을 잡아 좌수(左手) 서예(書藝)를 선보였다.

검여의 좌수서(左手書)는 우수서(右手書)에 비해 필력은 다소 덜하지만 고졸(古拙)하고 순정한 멋과 진솔하고 조형적인 맛이 두드러진

검여(劍如) 유희강(柳熙綱)의 서예 대작 〈관서악부(關西樂府)〉

다는 평을 받는다. 우수서 시절의 기교가 불가능한 대신, 서예 예술의 본질만을 남긴 격조를 보여준 그의 좌수서는 예술은 손으로 하는 것이 아니라 정신으로 하는 것이라는 말을 실감나게 한다. 날카롭고 선명한 호와 획의 선으로 강인하고 웅혼(雄渾)한 정신성을 드러낼 뿐 아니라, 근대적이고 추상적인 조형미를 갖춘 그의 글씨는 서예 예술의 본령을 깊게 심화시키고 넓게 확장하는 데 기여했다. 좌수서로 쓴 갑골문이나 종정문 작품은 서예라기보다는 추상회화에 가깝다. 강인한 골기와 갈필의 금석기운이 미술적인 조형감각과 결부되어 혼의 깊은 곳을 드러낸 그의 예술은 진지하고 엄정하면서 넉넉하고 여유롭다.

그러나 서예 예술의 입장에서 보면 오늘날은 불행하기 짝이 없는 시대가 되었다. 시대가 달라진 것이다. 한국 현대사회는 이미 서예라는 예술 장르에 대해 흥미를 잃어가는 시대에 접어들었다. 한글 전용이라는 문자문화 때문에 한자 문화의 전통을 잃어버렸고, 컴퓨터를 비롯한 기계화 문명 속에서 붓이나 펜을 사용하지 않는 세대가 주를 이루는 시대가 되었다. 한자 문화권 고유의 예술 장르인 서예는 위축될 수밖에 없는 현실이 아닌가?

추사(秋史) 김정희(金正喜) 이후 미학적인 조명를 받는 서예가라면 검여 유희강, 일중(一中) 김충현(金忠顯), 여초(如初) 김응현(金膺顯)이 있고, 이어서 구당(丘堂) 여원구(呂元九), 초정(艸丁) 권창륜(權昌倫), 남전(南田) 원중식(元仲植)인데, 검여의 제자 남전 원중식도 몇 해 전 별세하여 이미 저세상 사람이 되었으니 한국 서예계에는 적막한 기운이 감돈다 하여도 과언이 아닐 것이다.

성균관대학교 박물관 측은 유족들이 조건 없이 기증한 검여의 서예 작품들을 소중하게 다루고 학술적으로 조명하여 귀한 작품들의 가치를 살리는 일에 성의를 보였다. 지방 자치단체에서 기념관 크게 지어놓고, 공무원들이 어수선하게 다루는 것보다야 훨씬 잘된 일이다.

■ 2019. 5. 31.

웅혼하면서 고졸(古拙)한 혼의 흔적

한국을 빛낸 세계적 미술가들

문신미술관, 이성자미술관

마산 문신미술관에서 '영원한 빛'이라는 타이틀로 야외음악회가
열렸다. 불빛조각 점등식과 문신 아트상품 '라 후루미(La fourmi)' 기획
전을 겸한 행사다. 문신의 예술을 널리 알리고 지역경제에 도움을 주
겠다는 뜻에서 문신 미술작품의 이미지를 기반으로 실용적인 아트
상품을 개발하여 판매하는 일이 이 행사의 목적이다. 선정된 작가들
과 지역 소상공인들이 스카프, 넥타이, 머그컵 등 실용 상품과 기념
소품들을 개발하고 전시하여 판매하는 행사의 개막식이다. 이 행사
를 빛내기 위한 음악회에는 이 지역 아마추어 연주단체인 경남A&B
오케스트라와 몇 사람의 성악가가 초대되어 연주와 노래를 들려주었
고, 문신 조각을 소재로 한 내 시 낭송도 있었다.

대칭과 균형의 안정된 형태미를 특징으로 하는 문신의 조각은 어
두운 땅 속에서 생명을 뽑아 올려 하늘로 날려 보내려는 나무와 같다
는 어느 프랑스 평론가의 말은 적절한 지적이다. 그의 대표작인 〈하

늘을 나는 꽃〉은 하늘을 향해 뻗어 올라가는 부드러운 굴곡과 부피감이 특징이다. 스테인리스 스틸로 제작했으면서도 매끄럽고 선명하며 밝은 느낌을 준다. 타원과 반원을 중심으로 추상화된 형태미는 우아함과 긴장감을 동시에 품고 있다. 생명의 탄생과 성장과 소멸의 환원의 원리가 그의 작품에 내재된 긍정적 세계관과 어울린다. 그의 조각에 뚫린 구멍에는 그리움의 숨소리가 드나들고, 그의 조각이 지닌 신선한 생동감에는 휴식과 명상과 평화를 지향하는 휴머니스트의 자화상이 녹아 있다.

　나는 10여 년 전에 문신의 조각 작품을 소재로 시를 두 편 쓴 적이 있었다. 주최 측에서 이 행사에서 내 시에 곡을 붙여 노래할 계획이 있으니 방문해달라는 초대를 받고 즐거운 기분으로 마산에 내려갔다. 작곡가 사정으로 작곡이 안 되었으니 시 낭송으로 대신하겠다는 말에도 그럴 수 있겠다고 양해하는 기분이었다. 그러나 시 낭송은 탐탁지 않았다. 한복 차려 입고 큰 음량의 배경음악에 맞추어 연기하듯 가성으로 느릿느릿 외우는 시는 듣는 이의 머릿속에 시 내용을 제대로 전달할 리 없다. 어수선한 야외음악회에 어수선한 시 낭송이었다. 그러나 내 시 「숨 쉬는 쇠」는 지금 다시 읽어도 애착이 가는 좋은 시다. 문신 조각이 지닌 이미지를 언어화하는 일은 시와 인접 장르의 만남이라는 측면에서 의미 있는 일이기도 하다.

　　　　흰 날개를 퍼덕이며 천사가 내려왔다
　　　　남쪽 바다 파도 소리
　　　　동쪽 산맥 폭포 소리

부서지는 밤하늘에 반짝이는 눈송이들
천사는 쇠를 녹여 새를 만들었다
새는 별을 향해 날아가고
별은 쇠를 향해 내려오고
따뜻하고 매끄럽고 단단한 쇠의 살결에
새는 가슴을 비비고
별은 빛을 떨구었다
이슬 내린 밤하늘에 흰 불꽃이
눈보라를 일으키며 자욱이 쏟아졌다

그리움의 숨소리가 달빛을 쓰다듬자
천사는 쇠를 녹여 둥근 통로를 만들었다
서쪽 언덕 개망초 꽃
북쪽 하늘 기러기 떼
그리운 사람들의 눈물 섞인 노랫소리
그리움은 굳어져서 번개가 되고
기다림은 녹아내려 강물이 되었다
아늑하고 평화롭고 그윽한 쇠의 통로에
반가운 얼굴들의 이야기가 모여들고
아득한 세월 향한 명상이 쉬고 있다
풀꽃 향기 자욱한 벌판에, 찬란한 무지개가
하프 소릴 내면서 둥글게 솟아 있다

— 졸시, 「숨 쉬는 쇠」

조각가 문신은 1980년 프랑스에서 영구 귀국하여 고향 마산에 정
착하여 문신미술관을 짓고 자기 작품을 전시하였다. 그는 프랑스에
서 활동하며 조각가로서 세계적 명성을 얻었지만 어린 시절을 보낸

고향 마산에 대한 애정이 각별하였다. 마산시(지금은 창원시 추산동) 언덕의 문신미술관도 그가 생전에 지은 것으로 나중에 시에 기증한 것이다. 문신은 생전에 여기서 남쪽 바다를 바라보며 고향에 대한 감회에 젖었으리라. 그런데…… 미술관 바로 코앞까지 높이 들어서 있는 높은 아파트를 보면 숨이 막힌다. 바다를 바라보려고 이 언덕까지 올라와 집을 지었을 텐데 저렇게 막아버리면 어떡허나? 안타깝고 딱한 생각이 든다.

마산역 앞에는 노산 이은상의 시 「가고파」가 새겨진 시비가 세워져 있다. "내 고향 남쪽 바다/그 파란 물 눈에 보이네"로 시작하는 시를 돌에 새겨놓은 것까지야 이해할 수 있다 하더라도, 그 크기가 너무 크다. 크고 우람한 것이 반드시 좋은 것은 아니지 않은가? 무지하게 크고 우람하기만 한 시비를 실감하려거든 충남 당진의 왜목마을 바닷가에 가보면 된다. 그런 기념물을 만들어 보여주는 문화적 수준은 시내버스 전체를 광고지로 도배해놓고 다니는 나라의 문화적 수준과 같은 것이다.

이튿날은 마산 어시장 부근의 복국 골목에서 복어해장국으로 요기한 후, 인접한 진주로 향했다. 창원시로 통합된 마산, 진해, 창원에는 특별히 볼거리가 마땅치 않기 때문이다. 진주성이나 촉석루, 진양호 부근 등은 몇 번 다녀간 적이 있으니 이번에는 진주시립이성자미술관을 방문하기로 한다.

이성자미술관에는 프랑스 화단에서 동양사상에 근거한 추상화가로 인정받은 그녀의 대표 작품들이 시대적 분기에 따라 배열되어 있다. 이성자 화백이 고향 진주시에 기증한 수백 점의 작품들은 전후 한국 미술의 위상을 드높인 것들이고, 유럽 중심의 현대미술의 영역에 본격적으로 편입된 한국 서양 회화의 금자탑이라 할 만한 것들이다.

이성자의 그림에는 우주적 상상력이 있다. 우주를 상징하는 원과 별을 상징하는 수많은 점들과 은하수를 상징하는 희부연 안개 덩어리가 화사하고 섬세한 필치로 수놓아져 있다. 그것은 인간 본성이 지닌 무한대의 향수와 그리움에 연결되어 있다. 아득하고 원초적인 사랑과 미지의 세계를 향한 동경은 이성자 그림이 주는 매혹적인 아름다움이다. 인간의 삶과 죽음이라는 근원적 명제를 천착한 한 위대한 화가의 흔적을 감상하는 일은 초월적이며 형이상학적인 즐거움을 준다. 질료를 파고들어가는 판화 작업은 음의 세계를 상징하고 덧칠하여 쌓아나가는 회화 작업은 양의 세계를 상징한다는 설명은 피상적이다. 그녀의 작업에는 세계와 우주가 음양의 조화로 이루어진 것이라는 동양적 사유가 바탕이 되어 있다.

이성자 회화의 주요 모티프는 어머니에서 도시로, '음양'에서 우주로 바뀌어갔고, 기법은 구상적 형상화에서 기하학적 추상성으로 변모하여갔지만, 그녀의 그림에 일관되게 흐르는 정서는 지상에서의 탈출이며 영원을 향한 구도자적 명상이었다. 그녀의 그림에 나타나는 만년설과 오로라와 무중력은 비이성적이면서 환상적이다. 그것은 몽환적이면서 화사하고, 막연하면서 명료하다. 그것은 오색찬란한 빛의 환희며, 존재의 근원을 향한 황홀한 도취이다. 이성자처럼 여성과 대지, 동양과 서양, 지구와 시간, 예술과 우주 등의 예술적 모티프를 서정적이면서도 동양적인 이미지로 형상화한 작가가 현대 한국

화단에 존재하였다는 것은 다행스러운 일이다.

이번 진주 방문에서 월아산(月牙山) 청곡사(靑谷寺)를 방문한 것은 기대하지 않았던 가외의 소득이었다. 대웅전 앞이 아니라 옆쪽에 탑이 위치한 것도 독특했고, 법고(法鼓) 아래 해태상이 놓여 있는 것도 특별했고, 학에 연관되는 환학루(喚鶴樓)가 있는 것도 보기 드문 일이었지만, 절 뒤편에 할매산신각이 있는 것은 보기 드문 광경이었다. 풍수지리상의 이유 때문에 탑의 위치를 보통과 다르게 배치하고, 화기를 누르려 해태상을 법고 아래 놓았겠지만, 호랑이를 끼고 앉은 기골이 장대한 여장부인 할매산신상을 본 것은 특별한 경험이었다. 지리산이 여성성을 지녀 지리산 줄기에는 여성 숭배와 연관된 흔적이 있다는 것을 여기서 실감할 수 있다. 또 모계사회적 전통의 잔재로 고려시대 이전에는 산신은 여성이었으니, 그 잔재가 남은 것을 여기서 볼 수 있기도 하다. 진주 남강 가에 학이 나타나 상서로운 기운을 주었다는 전설에 근거해 환학루를 지었다는 것도 흥미롭다. 절 뒷산 풀숲에는 학 두 마리 조각상도 놓여 있다. 이 절의 사천왕상은 오래 전에 도둑맞았다 하니 아쉬운 일이다. 지렁이 기어가듯 구불구불한 글씨의 범종각(梵鐘閣) 편액만 제외한다면, 청곡사는 좋은 절이다. 전설과 풍수지리와 역사와 문화가 숨 쉬는 절이어서 한 번쯤 가볼 만하다.

■ 2019. 6. 16.

우리 시대 최후의 권번 기생

〈몌별 해어화〉

서울 남산국악당에서 〈몌별(袂別) 해어화(解語花)〉라는 명칭의 한국무용 공연이 열려 찾아갔다. '해어화(解語花), 말을 알아듣는 꽃'이란 기생을 지칭하는 말이 아닌가? 소매를 부여잡고 헤어진다는 뜻의 '몌별(袂別)'이란 단어를 앞에 붙였으니 이별하는 기생의 모습을 주제로 한 것인가?

오늘 공연은 현존하는 최후의 권번(券番) 기생(妓生) 중 먼저 세상을 떠난 장금도, 유금선을 추모하며, 남아 있는 권명화를 기리는 무대인데, 이성훈의 동래학춤, 김운태의 채상소고춤, 김경란의 굿거리춤, 정명희의 민살풀이춤과 국수호의 승무가 이어지고, 끝으로 권명화의 소고춤이 펼쳐지는 우리 민속악의 향연이다.

2013년 LG아트센터에서 열린 〈해어화(解語花)〉라는 이름의 공연에는 장금도, 유금선, 권명화 세 사람의 무대가 펼쳐졌었다. 군산 소화권번 출신의 장금도와 부산 동래권번 출신의 유금선은 근래 세상을 떴고, 이제는 대구 대동권번 출신의 권명화만 남았다. 열서너 살 적부터 기생학교인 권번에 입적하여 춤과 노래를 익혀 손님 앞에 나섰던 이들은 권세가와 부잣집 한량들 앞에서 솜씨를 뽐내며 돈을 벌었지만, 기구하고 곡절 많은 삶을 살았다.

장금도는 승무, 검무, 화무, 포구락, 살풀이춤 등을 익혀 소문난 춤꾼이 되었으나, 어린 아들이 춤꾼 어머니 자식이라는 놀림 때문에 주먹질을 하고 들어온 이후 춤판에 나가지 않았다. 세월이 흘러 국립극장 〈명무전〉 등에 출연하면서 다시 춤을 추긴 했으나, 고엽제 피해로 자식을 잃은 후 2008년 〈해어화 장금도〉 공연에서는 아들의 넋을 기리는 살풀이춤을 추었다. 유금선은 소리에 능했다. 열일곱에 동래권번을 일등으로 졸업하고 화류계에서 인기를 누렸으나, 사랑하는 사람을 만나 결혼하고 얼마 후 남편과 사별한 후 다시 기방에 나왔다. 돈도 벌어봤으나 우여곡절 끝에 빈손이 되었다. 동래학춤 구음(口音) 보유자로 지정된 그녀의 구음은 낭랑하면서 깊다는 평을 들었다. 슬프면서 무겁지 않고 기쁘면서 경망하지 않은 구음은 강약과 맺음이 분명하고 탁탁 치는 끝 음이 일품이었다.

그 두 사람이 타계한 후, 이제 마지막으로 한 사람 남은 우리 시대 최후의 권번 기생 권명화는 김천의 세습무가에서 태어나 대구에서 당대 풍류의 대가라는 박지홍을 수양아버지로 모시고 가무를 익혔다. 박지홍의 제자 중 소리꾼으로는 박동진이요 춤꾼으로는 권명화를 꼽는다. 금년 나이가 여든여섯이니 너무 고령이어서 오늘 공연에서는 장기인 살풀이춤이나 승무는 그만두고, 소고춤만 추기로 한다.

권명화는 작고 여리고 낭창거리는 체구의 할머니였다. 무대로 걸어 나오는 품이 마치 어린아이처럼 천진하면서 풀솜처럼 가벼웠다. 경상도 지방의 소고춤답게 동작이 씩씩하면서 거침없다. 무대를 휘젓는 걸음걸이는 당차면서 통쾌했다. 그 당당한 보무(步武)에서는 오랜 성상 겪어온 화류계 생활에서 손님들을 휘어잡던 카리스마가 느껴졌다. 허공을 휘젓는 손끝은 장식이나 기교를 뛰어넘는 능숙한 자유로움에 연결되어 있다. 소고를 잡은 왼손과 작은 북채를 잡은 오른손은 휘어졌다 내뻗는 어깨춤의 곡선미와 조화를 이루어 동적 운동감을 완성한다. 풍물 소리에 맞춰 앞으로 나서고 뒤로 물러서는 움직임 하나하나가 허공의 급소를 찌르고 두들기는 무림의 고수처럼 늠름하고 능란했다.

권명화의 소고춤을 본 것은 오늘 공연의 백미였지만, 함께 출연한 다른 춤꾼들도 대단했다. 이성훈의 동래학춤은 동작이 크고 넉넉하면서 막힘없고 자유로웠다. 동래학춤 예능보유자답게 자신만만하고 여유 있고 활달한 춤 솜씨를 보였다. 오늘은 작고한 유금선을 이어받은 김신영의 구음에 맞추어 춤추었는데, 과연 명무(名舞)의 춤에 걸맞은 구음이었다. 김신영이 내는 의미 없는 발성에서 느껴지는 형이상학적인 장중함은 우리 전통미의 독특한 영역이다. 군무를 춘 한국의집 예술단의 학춤도 잘 어울렸다. 우리 전통의 몸짓과 숨결을 살려 우아한 아름다움을 구현하였다.

김경란의 굿거리춤과 정명희의 민살풀이춤을 본 것도 소득이었다. 김경란의 춤은 당당하고 흥이 넘쳤다. 위압적이지 않으면서 늠름하고, 당차면서 유려했다. 정명희의 춤은 무겁고 그득하면서 품위가 있었다. 수건을 잡지 않고 맨손으로 추는 춤이어서 민살풀이춤인데,

그 빈 손끝에서는 허공을 가르는 비수 같은 선명함과 날카로움이 느껴졌다. 날렵하고 예리하지만 여유롭고 기품이 넘쳤다. 김운태의 채상소고춤도 좋았고, 국수호의 삼현 승무도 좋았다. 특히 국수호의 승무에서 북채 없이 장삼을 뿌리는 춤 동작은 독특하면서 흥미로웠다.

이것으로 2019년 상반기의 내 관객일기를 마무리한다. 예술 감상과 체험을 통하여 더 질 좋은 느림의 여유를 즐기고 두터운 기억의 질감을 누리는 일이 필요하다는 생각에는 변함이 없다.

■ 2019. 6. 20.